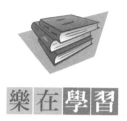

樂在學習

家，就是最好的英語教室

「補教師鐸獎」名師改變孩子一生的12個英語學習祕訣！

Michael
蔡騰昱 老師 著

自序

　　2011 年 9 月，我很榮幸地成為「民國百年補教師鐸獎」得主，和其他來自全台各地的十九位優秀教師一同接受表揚。

　　當時，我的得獎感言是：「如果未來生命走到盡頭，我希望能在自己的墓誌銘上寫下：『一位終身奉獻給大中華優質教育的教育家── Share makes more! 』」

　　從踏上教育這條路開始，我就默默期許自己不只是一位教師，而是一位卓越的教育家，並且把教育當作一生的志業。

　　回首十多年來的教育生涯，我從一位懵懂無知的新手助教，一路摸索著前進，經由不同的工作職務得到了許多寶貴的歷練，也培育出不少專業英語教師，並且藉由一次次的研討會、師資培訓課程、教師冬夏令營、品格力講座，將優質的教育理念積極推廣出去，也將自己的影響力從一間教室擴展到一所分校、從一間分公司到一整個企業品牌。

　　我憑藉一股對於教育的熱忱與傻勁，每年在台海兩岸舉辦了近百場的優質教育講座，從英語學習、優質教養、

家‧就是最好的英語教室

品格教育到全腦學習⋯⋯演講對象不僅是老師、家長，也包括大專院校的學生們。

2009 年，我開始在中國展開了一連串的巡迴演講，2011 年則受邀至新加坡南洋小學進行品格教育交流，2012 年與深圳市教育局進行兩岸教學研討分享，一方面分享台灣英語教育的現況、一方面培訓當地有志從事英語教育的年輕人，更重要的是，將品格教育推廣至各地。

聽過我演講的家長及老師們大都給予了正面的回饋與肯定，這也更堅定了我在教育路上持續深耕的決心。

出版《家，就是最好的英語教室——「補教師鐸獎」名師改變孩子一生的 12 個英語學習祕訣！》這本書，則是希望能夠盡一己棉薄之力，與更多對教育與英語學習有興趣的讀者分享正確的學習觀念，不論你是學生、老師或家長，相信都可以在書中找到你要的答案。

當我選擇了投身教育工作時就已經認定，這不會是一份簡單的工作，也不是一條平順的道路。獲得師鐸獎的榮耀和肯定，對我而言，是肩負更重要的社會責任與教育使命的開始；今後，我將持續在教育崗位上努力，教育出更多擁有競爭力的下一代，讓他們在面對詭譎不可測的未來時，能夠更有自信、快樂的面對自己的人生！

Michael 2012 台北

PART ONE **1** 好英文，怎麼學？

PART TWO 好英文，怎麼教？

CONTENTS

1

好英文，
怎麼學？

學習動機，從下苦工而來

　　市面上有許多標榜速成學習的書，固然很吸引人，但我相信沒有人可以輕輕鬆鬆就學會一門功夫、一種語言！所謂「成功無捷徑」，想要成功，不是看了某些成功人士的書籍，或者參加一些激勵成長的課程就有用，絕對需要下工夫，而且是持續地下工夫。簡單來說，就是「紀律」與「規律」。

　　在麥爾坎‧葛拉威爾（Malcolm Gladwell）著的《異數：超凡與平凡的界線在哪裡？》這本書當中提到，在某個領域的佼佼者和一般人之間存在著一個明顯的差異，那就是：一萬個小時的深度練習。如果你想成就大師級的水準，就需要投資時間與努力；假設你每天練習三小時，至少也要十年的時間，才有可能達成！

　　在學習上有一個很重要的關鍵因素——興趣。當你真正喜歡一件事情的時候，你就比別人更有機會在這方面做得好，哪怕你在短時間內並沒有突出耀眼的表現，但只要不斷接觸、不斷鑽研它，一定會越做越好。但是，我們常看到許多人在求學階段，因為不喜歡某個老師，或不喜歡某個科目而排斥學習，甚至畢業之後就和它徹底絕緣了，

家‧就是最好的英語教室

實在是一件很可惜的事。

要怎麼喜歡學習這件事呢？

你必須先下苦工，當你在**學習上持續努力，有了成就感之後，就會產生強烈的學習動機。**

大多數的學生都不喜歡唸書和考試，我卻非常喜歡唸書，這和小時候母親的管教方式嚴格有關，這讓我不喜歡待在家裡，反而喜歡上學往外跑。

母親除了十分在意我在常規與行為方面的表現，也很重視學習英文這件事。為了幫助我學好英文，國一上學期，母親訂了《大家說英語》雜誌，每天清晨五點五十分，就把我從溫暖的被窩之中叫醒，準備收聽英語教學廣播。

每天早上，只要聽到房門外傳來三聲：「叩！叩！叩！」的敲門聲，我就會立刻從床上跳起來，然後在十分鐘的時間內梳洗完畢，坐在書桌前，一邊收聽收音機裡的英語教學廣播，一邊吃早餐。

我永遠記得那一年是 1989 年，因為正值新年期間，廣播中不斷重複著"nineteen eighty-nine（1989）"，那時我連什麼是 nineteen（十九）、eighty-nine（八十九）都還搞不清楚，就已經耳熟能詳地將"nineteen eighty-nine"這組詞朗朗上口了！

半個鐘頭的廣播英語課程一共分為四段 conversations（會話），在那個年代沒有 CD 也沒有 mp3，所以我只能聽完一遍廣播之後，就趕緊帶著雜誌去上學，到了學校

再利用下課時間，把今天的雜誌課文一字不漏的背下來，就連單字也要會拼會寫才行。

然後，每天到了晚上八點鐘，我得到書房報到，把《大家說英語》的課文背給母親聽。

有時遇到比較艱澀的英文單字或比較長的句子時，往往會讓我感到很挫敗，甚至必須強忍住在眼眶裡打轉的淚水，才能勉強把它背完。

如果當天沒能完整地背好課文，母親還會給我第二次「補考」的機會，想躲也躲不掉。

一開始，我對於每天背英文難免心生排斥感，但是媽媽堅持必須這樣做。於是，我只好日復一日、從不間斷地唸英文，就連假日也不例外。為了向媽媽交差，我甚至寒暑假到外公家玩時，都得隨身帶著《大家說英語》雜誌，簡直到了書不離身的地步。

持續維持了三年天天和《大家說英語》形影不離的日子，實在很辛苦，但透過大量聆聽與背誦，無形之中，那些課文內容也在我的腦海裡留下了深刻的印象，而我的英文成績也逐漸比其他同學來得好。

考英文文法選擇題，大多數的時候，我只要看完題目就已經知道答案了！因為，只要把各個選項的答案代入題目中，有些答案唸起來會「感覺」不順口，有些答案唸起來「感覺」就是對的，這是因為我在不知不覺中，對英語產生了「語感」。

我還記得，母親在我國三畢業時，帶我參加由某所補習班舉辦的暑期密集美語班入學分班測驗，考試項目除了筆試外，還有口試。

　　後來擔任口試官的外籍老師特別詢問了在外頭等待的母親，關於我之前學習英語的經驗；當時參加測驗的考生都是高中生和成人，我的口說能力比其他應試者要來得好很多，甚至有大學二年級學生的程度，因此他對於我的英文表現相當訝異！

　　母親聽了，只是笑笑地告訴對方，我除了每天聽廣播「背」英語之外，並沒有補習過英語會話，一口道地的美式英語全都是靠下苦工得來的。

Practice makes perfect!

祕訣
1

學英文的第一步是建立語感，
這是透過長期聆聽與背誦所累積的能力，
只要唸起來「感覺對」就不會錯！

家・就是最好的英語教室

從零開始學法語

國中畢業之前，我獲得了保送進入第三志願鳳山高中的機會，但最終仍選擇參加高中聯考，以 657 分（滿分 700 分）考上了第一志願高雄中學。但是，在家裡的安排之下，我生平第一次出國，就是到距離台灣一萬公里以外的比利時唸書，當個小留學生。

到了註冊日當天，母親陪著我去雄中辦理退學。當時，她希望我抱持破釜沉舟的決心，一旦出國唸書，心裡就別想著還有其他退路！

在比利時，我唸的是歐洲學校（European School），它是由歐盟所辦的「完全學校」，提供給父母在歐盟相關機構工作的子女就讀，從幼兒園到高中都有。當地的學制分為小學五年、中學七年，畢業前必須通過大會考（Baccalauréat，簡稱 Bac），才能申請大學就讀。當時歐盟共有十二所歐洲學校，有三所位在比利時。我就讀的歐洲學校地處比利時東北方、人口約三萬多人的小鎮 MOL 附近。那裡有間歐洲核能研究中心，因此有不少來自歐洲各地的工作人員，而我的同學也大多來自於不同的國家。

學校位於荷語區，採用荷、法、義、德四種語言來分班，學生可以依照自己的母語做選擇；由於沒有英文班，我在家人的建議下，選擇了法語班。

一開始，我的法語程度完全是零；而全班十五位學生當中只有我一個台灣人，另外還有一位香港人，但他不會講中文，所以我在學校裡也無法和任何同學交談，簡直就像個啞巴一樣。

語言不通加上想家，讓我每天的日子都過得相當苦悶，尤其每週二的最後一堂法文課更是難熬，坐在教室裡的我就像是鴨子聽雷一樣，當天回家時的腳步和心情也特別重。那陣子，我常常在下課後，一個人躲在學校附近的森林裡抱著大樹偷偷哭泣，或是夜深人靜時一把鼻涕一把眼淚的寫信回家訴苦，等到情緒發洩夠了，才有心情重新拾起書本唸書。當時的心情就像林覺民與妻訣別書中提到的「淚珠和筆墨齊下」。

學校的課程不是每堂課都安排得滿滿的，還有自習課的時間，學生可以選擇到圖書館自修，或是參與其他學習的活動。在學校的特別安排下，我固定利用一週四天的自習課額外付費上一對一的法文課，每次四十五分鐘，家教老師是位年約三十歲的女士、她說著一口標準流利的法語，名叫 Madame Neerdael，後來我才知道這是荷蘭文的姓氏。

上課的第一個月，Madame Neerdael 並沒有給我任何課本和講義，她只透過英語讓我了解課程的重點，然後給了我一卷法文課文的會話錄音帶回家聽；此外，她也不要求我聽懂錄音帶裡的意思，只要跟著聽、跟著唸就好。有

家，就是最好的英語教室

時候，光是為了聽清楚一個法語單字的發音，我得不斷的把錄音帶反覆倒帶聽個二、三十遍才行。

　　法文和英文的字母很相似，但發音不同，學過英語的人如果看到法文單字，會習慣以英文的發音來唸；因此，Madame Neerdael 希望我將學習重點先放在聽說上面，等習慣了法語的發音，再回過頭來認識單字，等於是強迫我把法語發音練得準確。

　　到了第二個月，Madame Neerdael 完全不用英語上課，而是全程使用法語。一開始我非常不習慣，常常聽不懂她的意思，只能用猜的；到了第三個月，我終於能夠在課堂之外的地方擠出一些法語。

　　那時是和同學的家人一起在餐廳用餐，我用結結巴巴的法語和他們做了簡單的互動交談，講到我滿頭大汗……但是，可以在沒有家教老師的協助之下，實實在在地用法語應對，那種感覺真的很棒！

勤寫筆記、查字典，學習專業科目

　　學校安排的一對一法文家教課程為期一年，到了第二年，我每星期只見家教老師一、兩次，每次四十五分鐘，這對一個初學法語的高中生來說是不夠的，因此我除了在課堂上專心聽講以外，最重要的還是回家用功唸書，才能跟上學校的進度。

說到唸「書」，其實很多時候，我唸的是筆記本。學校並沒有硬性規定學生一定要買課本，不管哪個科目都一樣，上課時大多是透過討論的方式進行。此外，老師要求我們上課時一定要記筆記，每位學生都要準備三孔文件夾，把所有的上課筆記彙整在一起，分門別類地整理好。

　　雖然上課時邊聽邊寫筆記，對於我來說是一件很吃力的工作，但是這樣的訓練讓我在課堂上變得十分專注，也培養了我主動學習的能力。

　　法文是學校課程主要的語言，除了歷史、地理、音樂、美術、體育是用英文上課，其他如數學、物理、化學、生物等科目都是用法文上課。一開始，對於法文很陌生的我，下課後的第一件事就是跟同學借筆記回家，重新抄寫一遍上課的內容。我還記得，那些筆記上滿滿都是生字，就像是在看火星文一樣，而且外國人的字跡多半不是那麼工整，我常常得一邊寫一邊猜。

　　很多科目的專有名詞，是一般字典裡查不到的，即使把字典翻遍了，也查不到那些專用術語。真的查不出單字時，我只好暫時隨便填上一個看起來相似的單字，隔天再去學校問同學。

　　因此，我的書包裡裝了好幾本字典，包含一本法華字典、一本英法字典、一本法英字典及一本英漢字典。每當遇到生字時，我會先記在筆記本上，然後回家翻字典。有些字就算查到了，我還是看不懂翻譯的意思，這時候就要

再翻閱其他語言版本的字典來解讀，因此每天光是抄筆記、查字典，就花了我兩、三個小時的時間。但是，那些生字我還是沒辦法一次就記住，下次再遇到同樣的單字時得再重新查閱字典，一個單字往往需要翻閱字典超過五遍才能記得住。

　　老師和同學們都深知我在學習上的困難，也特別照顧我。上課時，老師會刻意安排英語講得比較好的同學坐在我旁邊（並不是每個外國人英語都很好），方便即時解決我的課業問題。在生活上，同學們也十分樂意協助我，遇到週末的時候，有些同學還會邀我一起去市中心走走或到他們的家裡作客，對於獨自在異鄉生活的我來說，有人作伴，還可以藉機練習法語，真的是最奢侈的休閒活動了！

自己整理過的課堂筆記就是最好的教材。

秘訣
2

每個孩子一定都要有一本自己的英文筆記本，
不但能幫助記憶，也能將已經消化過的知識記錄下來，
學習英文才會更有效率！

母語怎麼學，英語就怎麼學！

在一些演講場合，我會問現場聽眾一個問題：「什麼語言很重要？」大部分的人都回答：「英文！」

錯！最重要的應該是我們的母語——中文！我們是生活在以中文為主要語言的地方，中文才是我們所有學習的基礎。

如果連基本中文學習都有問題的人，在英文學習上往往也會出現問題。

許多人常問我：「到底怎樣才能把英文學好？」我告訴他們，只要想想你的母語是怎麼學的，英文就怎麼學，別把學英文這件事情給複雜化了！

小嬰兒剛開始牙牙學語時，母親只是不斷地跟他說話，當他的耳朵習慣這些新的聲音時，不知不覺中，「語感」就慢慢建立了。

這就像當年我一開始學法語時，Madame Neerdael 使用「聽說教學法」（Audiolingual Method），讓我在短時間內大量的聽、不斷的聽、不斷的說、不斷的模仿，一直到可以把整個句子記下來為止，是一種語感的訓練。

「怎麼學母語就怎麼學外文」，只要瞭解這個原則，

學好英文就不難。

中文可不是一個簡單的語言呢！基本上，我們中文的聽、說、讀、寫都沒有太大的問題，可是，為什麼學英文就會出現障礙呢？更不要講學習其他的外文，英文已經是所有外語裡最簡單的語言，相信學過其他歐系語言的人應該都會同意這一點。

英文的動詞變化只有三個，法語的動詞變化，光一個現在式就有六個，其他的時態各六種，另外還分陰性、陽性，文法結構比英文複雜許多。

大家不妨觀察一下身旁的孩子，如果中文不好，他們的英文學習常會受到影響。舉例來說，如果孩子的中文語感不是很強，說中文都含糊不清、咬字不清楚的話，英文的發音或語調可能就不會那麼標準。

在這種情形下，請先別對孩子英文發音的精準度要求那麼高，培養他們的學習興趣、建立語感最重要。

Z₄ 英文環境自己創造

我們常常會聽到一些人說，英文不是自己的母語，沒有良好的英文環境，所以學不好英文。

我並不認同那些學不好英文是因為沒有英文環境的說法，就像侏羅紀公園電影中說的「生命會自己找到出路」（Life will find the way.），只要你有強烈的學習意願，就會想辦法找到各種學習的管道。

事實上，環境是可以營造的，機會也是可以自己創造的。身處在科技發達的現代社會，無遠弗屆的網路提供了許多有利的學習工具，只要你願意，隨時都可以上網看YouTube 的影片、聽英文歌曲、英文演講、上各種英文學習網站……讓自己沉浸在英語的學習環境裡。

無法持續下去，是一般人學習英文的通病，因此，要把學習英文當成一種規律的習慣。

一般習慣的養成平均需要六十天，複雜一點的則需要兩百多天，學語言是一個複雜的行為模式，所以一定要日積月累，讓它變成生活中的一部分，才能形成習慣，並且持續不斷的進步。其實，只要你願意保持恆心，就算每天只背十個單字，三年下來就背了一萬個單字，以英文常用

約七千個單字來看，也已經足夠。

　　現在的我即使不像學生時代那樣，會刻意去背一些英文單字，但是仍然保持每天學習英文的習慣。由於工作的緣故，我會訂閱一些和教育時事有關的英文電子報來學習新的單字，順便了解趨勢的脈動。此外，我也經常上網看英語新聞，找機會和同事或朋友用英語交談，或參加英語研討會，讓自己盡量處於聽得到、看得到、用得到英文的狀態。

　　學英語的最終目的並不是為了提高英文考試分數，而是為了能夠與他人溝通、與世界交流，如果你有這樣的觀念，才有可能把英文徹底學好！否則，即使學了多年的英文，如果不常常拿出來使用，也是徒勞無功的。

只要能透過網路主動創造英文環境，
將學習英文當成一種規律的習慣，
學英文一點也不難！

學好英語的第一件事

　　當年我考上雄中的英文聯考分數是九十五分，離滿分只差五分，成績算是相當不錯。

　　但是，到了非英語系國家的比利時，剛入學時我就因為語言問題面臨了得降級重讀的命運，學校建議我從中學四年級開始唸，相當於台灣的國中三年級。所幸，最後在母親的堅持下，我還是獲准就讀高中一年級。

　　由於我完全不會法語，卻必須和以法語為母語的學生一起上課，可想而知，程度上會有多大的差距，因此我在學習上歷經了一段困難重重的道路。

　　當我自己開始從事教育工作後才漸漸瞭解，當時唸的東西實在太難了，遠遠超出我的程度範圍，所以唸起來才會那麼吃力。

　　照理說，一個人在學習外文的過程中，閱讀的內容應該要符合他的程度，才是最理想的閱讀素材。

　　如果你想要把英文學好，必須要做的第一件事情，就是知道自己的程度在哪裡。

　　如果你看的書遠遠超過自己的程度，有很多不知道的生字，很可能會在閱讀的過程中產生挫折感，無法享受閱

讀的樂趣，然後就越來越不想讀⋯⋯形成了惡性循環。

　　所謂「適合自己的程度」要怎麼認定呢？

　　若以外文小說為例，一頁中如果只有百分之二到百分之六的單字是生字，這就是一篇適合你程度的文章。

　　如果生字量到達百分之六，也還在接受的範圍之內；一旦高於百分之六，就表示你該換一本比較簡單的書來看，否則就會花費很多時間在查字典上，難以真正達到學習的效果。

聽、說、讀、寫不只是口號！

　　我從國中一年級才開始學英文，當時小學學習英語的風氣不是那麼普遍，頂多是當成才藝課程，不像現在全民學習英語的風氣這麼盛行。

　　國一英文是從二十六個字母和 KK 音標學起，有些 KK 音標的符號和英文字母相同、唸法不同，我曾經花了好一番工夫才搞懂這些「外星文」。

　　我記得國中第一課的課文是：

Class:　　Good morning, Mr. Wang.
Teacher:　Good morning, students.
　　　　　How are you, students?
Class:　　I am fine. Thank you. And you?
Teacher:　I am fine. Thank you.

　　從這段課文中大家不難發現，這樣的教學內容等於是學生一開始學英文，就必須進行認字、閱讀、學文法這麼複雜的學習過程，和我們學習母語的「聽說讀寫」流程背道而馳。

　家，就是最好的英語教室

試想，為了建構母語能力，我們是不是得花好幾年的時間一步一腳印地去學習？光是嬰兒第一次開口叫媽媽也要花上將近一年的時間了！但學英文時，卻一下子就要求我們進入用英文讀、寫的課程，這實在是操之過急的做法，而這種現象目前在小學階段就已存在。

　　從教育工作者的觀點來看，如果缺乏扎實的聽說基礎，學習英文一定會出問題；很多人英文學不好，其實是**因為搞錯學習順序，唯有掌握聽、說、讀、寫的學習步驟，才是學習外語的正確途徑。**

　　「聽」的次數一定要夠多，多到讓自己到「耳熟能詳」的地步，「說」的能力才有機會完善地被建構；同樣的，「聽、說」都掌握好了，才來看待「讀、寫」的部份。

　　所以，下次你想背下一個單字如何拼寫之前，請先確保你已經聽了非常多次，而且能準確說出這個單字之後，再搭配多次、反覆在情景中看到、用到這個單字的機會，最後才來記它的拼法。

別再搞錯學習順序了！
學英文一定要先學會聽，
唯有掌握聽、說、讀、寫的步驟，
才是學好英文的正確途徑。

如何説得一口好英語？

　　我常說：「英文是聽出來的！」口說和練習聽力一樣，最重要的是持續練習，並不斷找機會運用，就算是自言自語也好。

找機會說，從模仿開始

　　一般常見的廣播英語教學節目，大約是三十分鐘的內容，其中對話部分往往只有幾分鐘，其他時間都是在朗讀或者講解內文，如果你的目的是要練習口說能力，每天花一點時間，針對對話的部分多聽幾次、多說幾次，日積月累，一定會越來越進步。

　　除了模仿英語教學重要對話內容的發音做口說練習外，你還可以試著做英語朗讀訓練。你不妨試試看自己能不能看著一篇英文稿子照唸一遍，舌頭完全不打結？

　　我雖然早已習慣站在講台上侃侃而談，偶爾還是會做朗讀訓練，來增強英文口說的流暢度。

　　在朗讀時，我不只是唸文章而已，還會依照每篇文章不同的主題，想像自己是以怎樣的角色詮釋這篇文章。

如果是一篇新聞報導，我會想像自己是個新聞主播，由於我平常有固定收看英語新聞或觀看英文頻道的習慣，很容易揣摩主播報導新聞的語調，唸起來更加得心應手。

　　如果是關於自然科學或者文明探索的文章，我就會想像自己是國家地理頻道的旁白配音員，相對的，唸的速度也會比較緩和一些。

　　如果是故事情節的文章，我還會想像自己是個說故事的人，融入各種聲音表情與情緒張力……**這種在腦海中有意識地進行「角色扮演」的朗讀訓練，對於提升口說的技巧也有幫助。**

　　如果想要再更進階一些，你也可以練習**即席跟讀**（shadowing）。

　　舉例來說，可以把電視機轉到英語頻道，在不看字幕的狀況下，讓自己不管聽到什麼句子就跟著照唸。

　　這對新手來說非常困難，光是用中文來試，就知道它的難度。但是，如果你常常做這樣的訓練，英語就會越來越溜。

　　這種練習等於是你在處理一個訊息時，需要立刻判別訊息的內容，然後透過嘴巴輸出，它同時也考驗了你的思考能力、處理訊息的能力，以及臨場反應能力。

　　當然，就像我一再強調的，你所聽的內容必須和自己的程度相當，否則達不到該有的學習效果。

說得快，不代表英語流暢

很多人常以為一個人英語說得快，就代表他的英語很流暢，這是錯誤的觀念。

外國人講話常常有停頓的時候，他們會一邊思考一邊說出 "Well"、"Um" 這些發語詞，就像我們平常講話會發出「嗯」的聲音一樣。而有些老外講出來的英語會讓人聽不懂，其實是因為我們沒有習慣聽到真正自然流暢的英語。

在口語上，**如果過度要求發音精準度，因而忽略了流暢度，在母語人士耳裡聽來，往往顯得非常不自然**。例如「我早上吃麵包喝牛奶」的英文是："I have bread and milk in the morning."，有些老師帶小朋友朗讀課文時，為了讓他們聽得清楚，通常會把句子中的每個字都當成重音字在唸，聽起來變成："I～have～bread～and～milk～in～the～morning." 這樣的朗讀方式，你肯定不陌生！

事實上，我們平常講話，並不會刻意一個字、一個字講出來，這種狀況是在唸字而不是說話，很像是機器人在發聲一樣。

講白一點，**英語流暢其實就是說得自然**，只要掌握這個原則，你的英語也可以和老外一樣流利。

有時候我們聽外國人講英文，感覺像是整個句子混在一起似的，這是因為在英文的口語中，有一些消音、變音、連音、同化音、弱化音的變化。事實上，中文也有，例如：「這樣子」唸快一點就唸成「醬子」。

　　我在課堂上經常會舉以下幾個例句來說明這種情況：

How much is it?

　　如果請小朋友唸，他可能會看著句子，一個字一個字地唸 "How ～ much ～ is ～ it?"（但一開始先暫時不看句子怎麼寫）。因此，我會讓學生先聽我怎麼唸再發音，像 "How much is it?" 就會變成 "How ma chi zit?"，聽起來比較自然。再加上一些語速，聽起來就比較像外國人真正在唸英文了。

此外，"I want to go home." 這句話，很多人都已知道要應該把 " want to" 唸成 "wanna" ，讓整個句子聽起來像是 "I wanna go home." 但是 "want to" 為什麼會變成 "wanna" 呢？

這是因為當 want 與 to 兩個字的 t 都發音時，不僅很難唸，唸起來也不自然。

在這個句子的 to 本身並非重音字，其字母 o 的母音另外產生了弱化的現象，於是就出現了 "I wanna" 這種聽起來比較自然的唸法。

讓我們看看以下句子的唸法：

I have ／ bread and milk ／ in the morning.

"bread and milk" 這三個字要連在一起唸，就好像在唸三個音節的字；其中 and 會弱化成 an 輕讀的聲音，bread 結尾的 d 和 and 的 a 則要連著一起唸，而 and 結尾的 d，只需要把舌頭往上排牙齒的後面頂，不需發出 [d] 的聲音。

"in the morning" 這三個字也要連在一起唸，把這三個字當成一個四個音節的字唸。

因此，整個句子可以拆成 "I have ～ bread'n milk ～ in the morning." 的唸法。

接下來，我們再來看另一個例句。

The birds will have been eating the worms.

　　唸"The birds"的時候，the 只要舌頭點到上排牙齒一下就好。"will"是未來式的助動詞，它是屬於沒有實質意義的「功能字」（function words），不需重讀；"have been"是完成進行式，也是屬於「功能字」，不需要重讀；後面的"eating"才是重點，它是有實質意義的「內容字」(content words)，必須重讀。於是，"will have been eating"在唸的時候，會產生語音變化：由於 will、have 及 been 都是「功能字」，will 中的 i、have 中的 a 以及 been 中的 ee 等母音都會弱化成 [ə] 的聲音，have 的 h 被消音，will 和 have 產生連音，been 也和 eating 產生連音，和單獨把每個字拆開來唸是不一樣的。

內容字（content words）

有實質意義，需重讀。包括名詞、動詞、形容詞等。

功能字（function words）

沒有實質意義，不需重讀。
發音時，母音會產生弱化音等變化。
包括冠詞、助動詞等。

句子一	Birds	eat	worms.
句子二	The birds	will have been eating	the worms.

　　以上兩個句子雖然長度不一樣，但是第一句中的 "eat" 和第二個句子中的 "will have been eating"，兩者所需的時間是一樣的，因為，它們都有相同數量的「重音字」（stressed word）。在上述句子中，birds、eat、eating、worms 是重音字。

　　通常「重音字」就是有實質意義的名詞、動詞、形容詞，至於一些沒有實質意義的「功能字」，由於不重讀，會在口語上產生聲音的變化，出現消音、連音、弱化音等現象，所以，我們聽外國人講英語時常會感覺到他們說話的速度較快，或者一些字的發音似乎連在一起，顯得含糊不清。

　　母音開頭的名詞前面如果加不定冠詞 a 或 an 的話，必須加 an，是相同的原理。因為加了 an 才能跟後面名詞開頭的母音連音，比較好唸。例如 "an apple" 唸起來會像 "an napple" 的發音。

　　還有一些常見的語音變化：例如，一個單字的最後一個字如果是無聲子音，像是 look，當它和下一個字連起來唸的時候，該字的結尾就會轉變成類似有聲子音，像 "Look at me" 唸起來像是 "Look gat me"，"Take it" 聽起來像 "Take ghit"。

遇到兩個字母的發音一樣時，只要唸一次就可以，所以你不會說 "Pass it to me"，這個句子中 "it to" 的兩個 t 是連在一起的，因此你會說 "Passi（t）to me"，唸第一個 t 的時候，只要把舌頭往上揚，然後感覺停頓一下，不發出第一個 t 的聲音，緊接著唸出 "to me"。

  家，就是最好的英語教室

祕訣
5

除了追求發音精準度，
同時也要訓練說英語的流暢度，
才能講得和老外一樣流利！

從閱讀提升英文實力

　　閱讀有兩個層次，一種是「學習如何閱讀」（learn to read），另一種較高層次的是「為了學別的東西而閱讀」（read to learn），一般大學生的英文程度應該要能為了學別的東西而閱讀，但很多人到了大學還停留在「學英文」的階段，把英文當學科來唸，而不是透過英文學習其他科目。

學英語，還是用英語學？

　　無論你學習英文的目的是什麼，可能是工作上需要，也可能是對某個議題特別有興趣，其實都可以利用英文這個工具得到更多的新知。由於工作需要，我平時會訂一些英文教學或教育相關電子報，即時掌握國內外的教育新知、重要教育事件、研究報告等，以獲得第一手資訊。

　　掌握知識的速度是現代人競爭力的一部分，也是造成財富落差的因素之一。想要掌握世界的脈動，跟國際接軌，就要努力提升自己的英文閱讀實力。

Z. 大量廣泛的閱讀

我在比利時唸高中時，一位法語課老師曾給過一個建議：「大量閱讀。」這對於提升我的法文能力，甚至後來精進我的英文能力，都有很大的幫助，這個觀念也深深影響著我，以及我所教導的孩子們。

根據我的親身經驗，廣泛並大量的閱讀，真的是提升英文閱讀能力的不二法則。

當時，一個學期的法文課主要是以一個世紀發生的法國文學、藝術、人文等內容為主，老師不只以文章作為學習教材，也要求我們閱讀一些經典小說。

講到法國文學家也是諾貝爾文學獎得主卡繆（Albert Camus），每位同學都必須選讀一本卡繆的作品，無論你選的是《異鄉人》（L'Etranger）或是《瘟疫》（La Peste），讀完之後都要寫下自己的讀書心得，然後上台做報告。

除了閱讀一些文學經典名著之外，學校還將學習觸角延伸到當代藝術、繪畫、建築……等等，例如讀到超現實主義（Le Surréalisme）時，我們會研讀不同藝術大師，例如瑪格利特（René Margaritte）的創作風格與經典作品，甚至自行創作超現實主義的詩，然後在課堂上討論。

這是一種深入的、有意義的閱讀，與生活及跨領域結

合的學習方式，讓學生真正瞭解那個時代的時空背景、作者的理念。

✤ 情境學習，幫助記憶

相信大數人在學習英文的過程中，都曾做過跟我一樣的事情——背字典。說實在的，背字典的效果並不好，很容易就忘記。在背單字時，如果能把它和一整個句子應用在某個情境當中，便可以提升記憶的效果。

記得小時候每到吃飯時間，母親就會說：「i-da-la-ki-masu」（開動了），我不會日文，但我知道只要吃飯前就要說這句話，無形之中也就學會了這個句子。

我還記得第一年到比利時唸書的那個暑假，比利時國王去世，所有的報紙、電視都在大幅報導這則新聞，裡面有很多和喪禮有關的字彙，由於這些單字不斷在各大媒體出現，耳濡目染之下，我很快就記下來了。

在比利時唸高中時，有一次，我準備出門上學時，看到門口貼了一張黃色便利貼，上面寫著："You are supposed to be quiet after 10 pm." 當時我還沒學過 be supposed to（應該），因此很努力推敲它的意思，當時只能憑直覺猜測，好像是要我晚上十點過後保持安靜……令我百思不得其解的是，門上為什麼會出現這樣的字條呢？

我先是查了字典，瞭解 be supposed to 的意思之後，終於回想起來，原來是我前一天晚上十點之後洗衣服，水流聲音可能吵到樓上或樓下的鄰居，引起了他們的不滿。

說也奇怪，自從那天之後，be supposed to 這個片語的用法，我就再也沒有忘記過，這就是情境學習的功效。

再談談另一個經驗。大家聽過「曌」這個字嗎？

小時候，有部紅極一時的連續劇「一代女皇武則天」，劇中提到「曌」（唸ㄓㄠˋ）是武則天稱帝之前所選的字，它有「日月當空、普照大地」的意思。當時我很喜歡看這部戲，對於和劇中有關的人事物也很感興趣，因此對於這個字產生了深刻的印象。如果平常只是死記硬背這個字，我想別說寫出來，連唸出來都有困難。

接觸自己有興趣的事物，增加字彙量

如果你無法享受英文閱讀的樂趣，有可能是你的英文字彙量不夠豐富，看來看去，也只能選擇某種程度的刊物，必須想辦法增加自己的字彙量。

想要增進字彙量，可以從自己感興趣的領域著手。

例如你對烹飪有興趣，那不妨多看看關於烹飪方面的英文書籍，如此一來，相關主題的字彙就會慢慢增加，無形之中也累積了字彙量。

像我本身對於英語教學、教育、管理與領導相關的議題非常感興趣，所以平常就會涉獵這方面的書籍或文章。

除了閱讀，增進英文字彙量還有很多途徑，包括看西洋電影、聽西洋音樂……等等。

國外曾經有一篇報導，談到美國很多流行音樂的歌詞內容，大概是美國小學三年級生的程度，幾乎都是一些很口語、一般社會大眾常常會用到的字，因此，**聽英文流行歌曲也是學習英文單字的好管道。**

我自己大概是從小學六年級開始聽西洋老歌，當時有部電影「羅密歐與茱麗葉」的主題曲，叫做〈A Time for Us〉，旋律非常好聽，我雖然聽不懂歌詞的內容，還是用注音符號拼音，跟著錄音帶一起哼哼唱唱。後來，在美國生活的表姊利用假期回台灣度假，我也特別請表姊幫我寫下這首歌的正確歌詞。

往後，聽英文歌曲變成我學習英文的重要方式之一，如果在廣播中聽到好聽的英文歌曲，我會趕緊按下錄音鍵，然後把歌詞聽寫下來，即便有時候遇到新單字無法立即拼出正確拼法，但是總能夠透過後續查字典而學到新的字彙。

當然，這中間需要非常多次的反覆聆聽、查字典，才能真正聽懂一首歌，進而享受歡唱的樂趣。

當我學會的英文歌曲多了，英文字彙量自然也就慢慢增加了，這無形之中就變成一種正向循環的快樂學習。

家，就是最好的英語教室

背單字不是只有死背硬記而已，
必須先掌握它的發音要領，
運用自己有興趣的事物來學習，
字彙量不知不覺就提高了！

閱讀小說加強字彙記憶

　　一般學生常看的英文字彙書籍，通常就是列出單字的音標、詞性、例句。說真的，這種學習方式和背字典沒有太大差別。

　　我非常建議大家透過小說來進行英文閱讀學習。小說有高潮迭起的劇情，前後連貫、故事張力強的內容，一本你有興趣的小說通常會讓你願意繼續讀下去，而「願意」就是學習動機，一個重要的學習關鍵因素。

　　我剛出國唸書那一年，去圖書館借的第一本英文小說是《金銀島》（The Treasure Island），一開始閱讀的時候，一頁有超過三十到四十個以上的單字看不懂，我必須一邊看一邊停下來查字典，速度很慢。因此，看沒幾頁之後，我索性放棄查生字的工作，將注意力放在故事的情節之中，之後就一本小說接著一本小說讀下去，英文也越來越進步。

　　看小說，基本上只要看得懂整本書大概在講些什麼，保持輕鬆的心情閱讀就好，不需要每個字都看懂。除非這個生字在書裡不斷的出現，再來查字典也不遲。

　　也許到了最後，你甚至不用查字典，就可以根據前後文猜出它的意思；或是你沒有刻意去背誦，但是因為它在書裡經常出現，不知不覺之中就記住了。

z 不要被單字卡住

很多人在閱讀英文文章或書籍的時候，都有查字典的習慣。當你一旦開始查字典，等於就中斷了閱讀。有些人在閱讀時，非得把單字搞懂或背下來才甘心，到了最後，得花更多時間在背一些不重要的單字，而這些單字也許整本書就只出現過一次，可以說是一種不划算的閱讀方式。

比較建議的做法是先瀏覽一遍文章的整體大意，然後回過頭挑選幾個比較重要或實用性高的單字進行深度學習。一般而言，字典上都會標示星號，越多星星表示單字的重要性越高、實用性越強。

閱讀一定會遇到生字的問題，通常分為以下幾種：

一、第一次出現，可是後文還是會出現的單字。

二、只出現一次，後面沒有再提及的單字。

三、太艱澀的單字。

遇到第一種情況的時候，我會先從上下文來猜測大概的意思，但是不會立刻就去查字典，等到它在文章中出現了好幾次，已經可以一眼就辨認出這個單字，心中忍不住出現「這到底是什麼意思？」的疑問時，再去查字典；查字典時也會進一步了解其他詞性或同義字、反義字，而且一定要看大量的「例句」。

第二種只出現一次的單字，代表很可能不是重點，那麼瞭解整句話的意思就好，不需要特別花時間去查字典。

　　有時候考試會出現一個很難的單字，但測驗的重點不在於了解這個單字的意思是什麼，而是看不看得懂整個句子或段落的意思，因此不需要太在意。如果這個單字很冷僻，整篇文章中也只出現過一次，我真的不認為需要在第一時間就非得認識它不可。

　　第三個會遇到的狀況是，這個單字是比較艱澀的專業用語，而你又不是這方面的專家，從文章中推敲出它的意思就好。例如，有個單字叫做 pneumonoultramicroscopic-silicovolcanoconiosis「火山矽肺症」，一共有 45 個字母，是英文裡最長的一個字，一般人連中文都沒聽過，更別說是英文了，所以即使學會了又如何？如果它出現在文章之中，通常文章的上下文會有另外的說明方式讓你了解它的大意。

　　雖然這整個字看起來很長，但是一經過拆解就變成：pneumono-ultra-micro-scopic-silico-volcano-coniosis，七個組合，要怎麼背下來呢？還是得先掌握「說」的基本功，學會怎麼唸才行！一般人如果不是要用英文談判或研究某個專業領域，真的不用太鑽研看不懂的東西。如果不會某些專業字彙，對日常溝通並不會造成太大的影響，你可以用簡單一點的字彙去描述，對方也不會因為你講的這個字深度不夠，就覺得你講得不對。

因此，下次遇到不會的字，尤其是只出現一次的專有名詞時，skip it！（跳過去吧！）別因為看不懂而卡在那裡，阻礙了往前閱讀的腳步。

許多人背單字是為了考試，事實上，離開學校之後，你還記得哪些單字，可以靈活運用哪些單字，比起為了應付考試而死背單字來得重要許多。如果你花了大把時間背單字，然後考完就忘、就丟掉，這是在浪費時間而已！

閱讀報紙及漫畫學單字

我很喜歡看英文報紙的標題，某些記者在下標題時非常精簡、有創意，甚至有一些雙關語或是新創造的字出現，像林來瘋 Linsanity（lin+insanity 瘋狂）就是一個新的字，其他像是：lincredible（lin+incredible 不可思議）、linpossible（lin+impossible 不可能）、Linderella（lin+Cinderella 灰姑娘）、linvincible（lin+invincible 無敵的），都是因為林書豪旋風所創的，遇到這類有趣的字彙時我就會很有興趣地去查。

一開始要看懂英文報紙或許不容易，但你可以給自己設定一個目標：**不用所有的生字都要學會，即使只從一篇新聞當中學會一、兩個生字也沒關係。**因為就算你把全的生字都查完，也不見得看得懂整篇文章的內容。

每個人都有自己關注的議題，哪怕是看報紙上的漫畫

專欄，也可以提升閱讀的興趣。像我剛去比利時的時候，在報紙上看到《丁丁歷險記》漫畫，裡面都是一些很白話的法文，符合我的程度，也引起了我的閱讀興趣。

後來隔年的暑假，我花了兩個月的時間把整系列法文原版的《丁丁歷險記》全看完了！看的過程，我一邊順手寫下會重複出現的單字，等看完一個段落之後才去查字典，在查的時候，又把故事的情節、情境回想了一遍，不僅加深印象，同時也會把慢畫中相關的句子及字典裡的例句一併抄寫在筆記本內，而不會只有抄單字本身。

除此之外，一定會要求自己把整個句子唸出聲音，以協助記憶。

如何通過英檢考試？

　　大學時我就讀比利時魯汶大學核子工程學系，每個學期一開學，學校都會做英文科的學前測驗，如果通過學前測驗，英文就可以免修。經過高中三年的奮發圖強，我的法文不但突飛猛進，英文程度也比一般同學好，所以每一年都可以免修英文。

　　回到台灣之後，在等當兵的三個月時間裡，經由母親的朋友介紹，我接了一個高中理化的家教工作；在當兵的期間，我也定期輔導連上弟兄一些簡單的英文會話，這些教學經驗讓我漸漸意識到自己對於教學抱持濃厚的興趣，尤其是語言方面。

　　我回想起自己在高中時熱愛慢跑，訂了一些英文的慢跑雜誌，那時候就曾經隱約想過，倘若以後回國教外語的話，這些雜誌就是最道地的學習教材。

　　如果把時間再往前推，我從小學當班長時就喜歡指導其他同學的功課……這些點點滴滴的回憶都透露出一個訊息，就是我喜歡「教學」。

　　但是，喜歡是一回事，我並非英語本科系出身，如果打算投身教育工作，並且把它當成終生的事業，總要先證

明自己有這方面的能力吧！

「如果能有個具公信力的單位幫我背書，或許就是最強而有力的證明……」仔細思考之後，我有了考證照的念頭。當時，我還對自己許下了一個承諾：我每一年都要拿一張專業證照！直到十幾年後的今天，我還是持續著進行這件事。

退伍後，我立刻開始著手準備全民英檢中高級考試，在只有短短一個月的準備期間之下，不僅高分通過了考試，還拿到寫作滿分，證明了我的英文實力。

有人問我如何在這麼短的時間內準備考試，並且得到高分？我回答：「語言是無法速成的，我的英文從國中時代就打下良好基礎，加上出國將近八年期間的自我鍛鍊，早就讓我把學英文當成一個固定的習慣。」

即使在當兵的一年十個月當中，個人的自由時間很有限，我還是保持著時時和英文接觸的習慣，隨身在迷彩褲的口袋塞一本英文小說，只要一有時間就拿起來看。

遇到不會的單字和文法時，我仍會把它記在筆記本，隨時拿出來複習。

除了全民英檢，我也參加過兩次英國劍橋大學國際英語教師檢定考試《TKT：Teaching Knowledge Test 教學知識測驗》，分別獲得模組一到模組三，以及兒童英語教學模組的滿級分！

陸續通過中高級、高級全民英檢及國際英語教師認

證，有朋友們甚至稱我為「證照達人」。事實上，之所以能順利通過這些考試，是因為我掌握了一些應試的技巧和方法。

聽英語新聞、看英文報紙、做考古題

放眼全世界重要的英文檢定考試，包含全民英檢，都是著重「**聽說讀寫**」四項能力，像全民英檢的 GEPT（General English Proficiency Test），Proficiency 指的就是英語能力。由於英文檢定是沒有範圍的，在準備英檢的過程中，學習準備的素材最好是多管齊下。

其中，閱讀英文報紙對於準備英檢十分有幫助，因為**報紙內容與議題深具廣度與多元性，有助於增加一般基本知識與詞彙量；當你吸收的知識面向越廣，對於閱讀理解就越有幫助。**

如果你本身就具備某方面的背景知識，遇到相關議題的考題，正確答題的命中率也會更高，像我對於教育與英語學習非常感興趣，平常都有在關注相關話題，碰到這類考題也就如魚得水。

為了準備英檢，我替自己訂定了嚴格的學習計畫，徹底執行。我每天早上六點起床聽 ICRT 轉播的 BBC（英國國家廣播電台）新聞，接著聽 ICRT 的自製新聞。BBC 新聞內容比較國際化，ICRT 新聞則多了許多在地

性，除了訓練英文聽力之外，也可以藉此瞭解更多的國內外時事。

除此之外，我會買一份英文報紙和一份中文報紙仔細閱讀，如果對於英文報紙的新聞有不了解的地方，再對照中文報紙的內容。

全民英檢中高級的程度約莫是大學畢業的程度，所以我也找出了十年來的大學聯考英文考古題，以及大學期中考的考題來做練習。每天花兩、三個小時，一題一題地做，確認有沒有自己不會的地方，一旦有疑問，就立刻去找出答案。

我依照自己的讀書計畫，按部就班的準備，結果聽力考了 109 分、閱讀 110 分（聽力與閱讀滿分均是 120 分）、寫作 100 分、口說 90 分（寫作與口說滿分均是 100 分）。寫作是四項英文能力當中最困難的一項，要拿滿分是有難度的，我自己其實也有點訝異。

第二年，我又報考了全民英檢高級測驗，它相當於外文系畢業生的程度，結果我的聽力考了 96 分、閱讀 113 分（聽力與閱讀滿分均是 120 分）、寫作三級分、口說四級分（寫作與口說滿分均是五級分），這讓我對於自己的語文能力更有信心。

2005 年，我參加了一個全台灣的英語專業能力競賽，包括聽力及口說都得到全台第一名，也曾經參加 ICRT 舉辦的口說比賽獲得全台第三名的獎項。

後來，我參加英國劍橋大學國際英語教師檢定考試《TKT：Teaching Knowledge Test 教學知識測驗》，考試分為三個模組，第一個模組主要是考語言與語言教學的背景知識，第二個模組主要是考教案設計與教學資源運用，第三個模組主要是考教學與學習進程管理，結果三項模組的成績均得到了滿級分。

2011 年，我參加英國劍橋大學 TKT 針對兒童英語教學所設計新推出的第四個模組（稱為 YL 模組，Young Learner），這是台灣引進 TKT YL 模組的第二屆檢定考，得到的成績同樣是滿級分。當時，為了準備 TKT 考試，我把英國劍橋大學出版的《The TKT Course》當作研讀教材，並且擬了一份三個月的讀書計畫：

第一階段

先把整本教材看完一遍，每天兩個單元，約十頁。

第二階段

做完書中所有習題，並瞭解 TKT Glossary（語言教學專有名詞辭彙表）中的相關辭彙。

第三階段

從頭複習一次，但在這個階段中增加每天的閱讀量，比第一次多了一倍頁數，約每天二十頁。

第四階段

　　對於原本比較不熟悉的部分，做生字和片語的延伸閱讀。

第五階段

　　除了將 TKT Glossary 中所有專有辭彙做一次完整閱讀外，並做最後的重點複習。

　　針對考試擬定作戰計畫很重要；另外，一般人常常忽略很重要的一點是：你要很清楚地知道參加這項考試到底是要測驗什麼能力？你參加這項測驗的目的到底是什麼？如果不清楚考試的目的，往往會準備得不夠周詳，甚至方向錯誤，在考試當下也掌握不到主考官想要測驗的重點。

家，就是最好的英語教室

如何通過英語口說測驗？

全民英檢中高級的口說測驗，是讓考生在測驗時回答耳機裡聽到的問題。

這個考試方式很容易讓考生感到緊張，因為在應試時，所有考生同時在講話，你會聽到其他人的聲音，此時格外需要專注與冷靜，才能讓你心無旁騖地回答，保持冷靜也幫助你做出敏捷的反應。

至於全民英檢高級的口說測驗，則同時有兩位考生一起應試，對面坐著一位主考官，教室角落有一位專門做記錄的工作人員，整個過程全程錄影。

口說測驗怎麼考？

當年，我應考全民英檢高級口說測驗的題目跟手機有關，主考官分別給我和另一位考生不同的手機型錄，讓我們彼此交換意見，討論不同手機型號的功能與相關優缺點，最後再決定要買哪一支手機。

在考試過程中，主考官會不時拋出相關問題，讓我們充分陳述自己的觀點，如果很快就能回答，相對分數會比

家，就是最好的英語教室

較高；但是，不能只是回答得快卻錯誤百出，像是使用的文法有誤、文不對題等等。

這種透過交換彼此不知道的訊息來達成溝通的方式，在英語課堂中時常被運用，稱之為「訊息互補」（Information Gap）。

由於我平常已經養成習慣用英語和自己或者他人對話，所以這樣的口說測驗方式對我來說反而比較容易，最後我在全民英檢高級的口說測驗成績拿了四級分（滿分是五級分），比寫作成績還要高一級分。

應答內容不能太簡短，內容充實才能拿高分

在考場時，如果在十五秒的應答時間裡，你只講了五秒鐘，很容易就會感到慌張，所以平常在家要多練習，訓練自己到可以用英文講足一定的時間。

全民英檢初級的口說測驗中，可能會有這樣的問句："When is your birthday?"（你的生日是什麼時候？）

考生在聽完問題之後會聽到一個嗶聲，接著有十五秒的時間回答。

這時，有些考生會回答："My birthday is on..."講完之後就沒有下文了，距離該題回答結束時間可能還有十二秒。

類似的狀況也發生在大家熟悉的對話之中。

A：Hello! How are you?
B：I'm fine. Thank you! And you?
A：I'm fine. Thank you!

然後，這個對話可能就無法繼續下去了，也沒有涉及太多的溝通能力。

我常說，英檢的口說測驗其實是在測驗考生的溝通能力。所謂的「溝通能力」就是能夠視不同的場合，用英文和不同的人應對，最基本的是要知道一段對話如何開始、持續以及結束，是否可以從中延伸出其他的話題。

以問生日為例，得分比較高的參考回答方式如下：

When is my birthday?
I was born on March 9th 1976.
I believe that was a lovely spring day because I do enjoy outdoor activities a lot, such as going hiking, sight-seeing, travelling, etc.
Oh, what about you?
When is your birthday?

以上的回答不僅多了訊息與互動，也讓這段對話變得有趣，彼此有來有往，而不是一問一答就結束。

良好的溝通就像一場精采的球賽，球員之間是會互有進攻的。

聽不懂問題的時候，藉由複誦問題拉長時間

我在參加全民英檢中高級口說測驗的時候，曾被問過一個問題："Have you been to a restaurant recently? How were the food and the service?"（你最近有沒有去餐廳吃過飯？那裡的食物與服務如何？）

倘若你當場不知如何回答，可以藉由複誦主考官的問題來拉長回答時間，例如，你可以這樣回答：

Well, have I been to a restaurant recently?

Um... As far as I can recall, I haven't been to a restaurant for quite a while. In fact, the last time I went to a restaurant was one year ago. To be honest, I don't really remember how the food and the service were."

這句話並沒有回答到某間餐廳的食物或者服務如何，而是根據事實回答：我好一陣子沒有去餐廳了，最後一次

去餐廳吃飯也已經是一年前的事情，當時的食物和服務是如何確實記不太清楚了。在十五秒的應答時間中，這樣的回答已能完整地呈現出自己的想法。

口說測驗著重的溝通能力不只是能夠正確回答問題，也不是一直說就好，**還要能流暢地表達自己的想法，引發聽者的興趣，讓對話可以持續下去。**

在這中間有兩個重要的因素，就是聽到問題和開始做答的「時間差」，以及當下的「表情」。

如果你過了好幾秒之後才開始有所反應，可能會被認為聽不太懂這個問題在講什麼；此外，如果你只是機械式地回答，卻沒有任何臉部表情或聲音的變化，還是有可能會被認為沒有完全理解說話者的意思。

我曾為了準備英檢口說，做過一個叫作 Phone Pass 的測驗，它是以打電話的方式，透過電腦處理你回答的問題。問題分為幾大類，其中一類是複誦句子，它沒有想像中那麼簡單，因為如果你聽不懂問題在講什麼，或者其中有生字、句子太長，錯誤的機率就會增加。

在這個測驗中，當你聽完一個句子，就要馬上跟著複誦，句子也會越來越長，例如：

There are four dogs.
There are four black dogs in the yard.

家，就是最好的英語教室

There are four black dogs running in the yard.

There are four black dogs running happily after a beach ball in the yard.

　　還有一些常識測驗的 Q&A，像是 "How many weeks are there in a year?"（一年之中有幾週？）電腦除了判讀你的回答正確與否，還會計算你的回應時間，回應時間越快，分數就越高。

　　另外，有一種問題是測驗你的用詞精準度，例如："What's the opposite of happy?"（快樂的相反詞是什麼？）回答 unhappy（不快樂）的分數會比回答 sad（悲傷）的分數低一些，因為相對於 unhappy，sad 是比較精準、常用的用法。

2

好英文，
怎麼教？

幫助孩子找到學習動機

從事英語教學工作多年，我深刻體認到，如果要讓孩子的英文學得好，就要先讓他們喜歡上「學習」這件事；一旦有了「學習動機」之後，再運用正確的「學習方法」，就可以達到事半功倍的效果。

現在的孩子接觸英語的時間普遍比較早，甚至在幼兒園階段就開始學英語。

但是，很多父母往往操之過急，當孩子的英文才剛起步的時候，就急於看到成果，甚至孩子學不好時還會責備他，因而扼殺了孩子學習英文的興趣。

在孩子的學習過程中，家長們千萬別著急，要不斷給予他們支持與讚美，讓孩子產生學習自信，一旦孩子有了自信，也才會有想要繼續學習的興趣。

以「成為一位英語使用者」為目標

讓孩子逐漸成為流暢且精準的英語使用者，是我一直以來的教學目標。

我常常和學生說，能夠在日常生活中應用英語的能

力，比起只是應付英文考試的能力要來得實際得多了！只是應付英文考試其實談不上是真正的英語力。

　　相較於過去，學習英語的方式有很大的差異，但是就我目前普遍觀察到的狀況，很多家長並不清楚現在的英語教學環境，加上缺乏成功學習英語的經驗，有可能使用錯誤或者不當的方式主導孩子的英語學習。

　　相信大多數人都同意，學習語言最基本目的就是為了要與人溝通，但是，我們不得不承認，在現今的教育模式之下，家長們仍然普遍存在重視升學與考試的心態，甚至干涉老師的教學。

　　面對家長的壓力，部分老師不得不把教學的重點放在提升考試成績方面，因而錯失了造就更多成功英語學習者的契機，也無法培養出真正具備競爭力的下一代。

　　隨著時代的變遷，教育環境也不斷改變，十二年國教實施下，多數國中生不再需要經過入學考試就能免試升學的時代即將來臨；面對一連串的教育改革，家長更應該好好思考教育的本質與目的，調整原有的思維與做法。

　　面對整體教育如此，面對英語學習也是一樣的，不論是家長、老師都應該要正視這個問題，不要再把英語考試成績當作衡量孩子英文好壞的指標，卻沒有培養孩子扎實的英語溝通能力。

英語力和多元智能有關

　　根據哈佛大學教授 Howard Gardner 在 1983 年提出的「多元智能論」（Theory of Multiple Intelligences），每個人天生都有至少八種不同的智能。這八項智能包含：語文智能（verbal-linguistic intelligence）、邏輯數學智能（logical-mathematical intelligence）、視覺空間智能（visual-spatial intelligence）、音樂韻律智能（musical-rhythmic intelligence）、身體動覺智能（bodily-kinesthetic intelligence）、人際智能（interpersonal intelligence）、內省智能（intrapersonal intelligence）以及自然觀察智能（naturalist intelligence）。

　　其中，語文能力和語文的敏感度有關，邏輯數學智能跟語言的文法、句子結構有關；音樂智能會影響一個人發音的精準度、說話的流暢度、語調的抑揚頓挫及語音的節奏；人際智能強的人比較主動，勇於與人溝通、互動。

　　我們可以從孩子平常在各方面的表現中了解他們的強項智能來引導學習，達到事半功倍的效果，這和孔子在三千年前說的「因材施教」是相同的道理。

　　運用「多元智能論」對於孩子的英語學習有幫助，主要原因除了符合孩子先天的優勢條件之外，也容易引起他們的興趣。

例如，一個孩子如果對於音樂韻律有興趣，父母就可以透過歌曲、使用韻文等方式協助孩子學英文；如果一個孩子經常坐不住或比較擅長運動的話，就可以透過運用肢體的遊戲來協助孩子學習英文。

教出英語溝通能力

　　從事兒童美語教學工作多年以來，我面試過不少想要從事英語教學的老師，其中不乏高學歷的本科系碩士生、博士生。當我問起一些基本的英語教學問題時，有時會聽到這樣的回答：「呃，這個以前在教科書上看過，但我記不太起來了……」

　　這時，我往往會適時的給予對方「機會教育」，告訴他們這些基本觀念不但要記得熟，而且還要能夠在教學上融會貫通。世界知名的教育改革工作者及創造力權威大師肯‧羅賓森（Ken Robinson）說：「問題不在於我們把目標訂得太高而達不到，問題在於，我們將目標訂得太低，卻又達成了。」

　　英文教學也是如此，談到英文能力，不是只要教導孩子聽得懂、會講就好，嚴格來講，英文能力分為「口語交流」及「書面交流」，也就是完整的聽說讀寫能力。

　　此外，我很重視孩子的「英語溝通力」，期許這些未來的教師們也能夠努力培養孩子這方面的能力。

培養孩子全方位的英語力

聽的能力

利用「語言學習的沉默期」，培養聽力

我們來檢視一下嬰兒學習母語的過程。從嬰兒出生的第一天起到第一次開口說話，平均是一年的時間；在這段時間內，嬰兒瞪著大大的眼睛、看似沒有任何語言表達能力，其實一直在聆聽大人說話，我們稱為「語言學習的沉默期」。

這個時期會有多長，基本上沒有一定的定論，其影響因素包含了孩子受到環境、周圍的人們（多半是父母或是家人）的刺激，以及孩子本身對於語言的安全感等等。

在這個時期，嬰兒的大腦每天不斷接收聽到的聲音，加上周遭環境有促使他們使用語言需求的情境，有一天，「突然」之間就學會說話了！其實這中間是經過一段累積與熟悉語言的過程。

外語的學習也是如此，只要給予孩子足夠的刺激與等

家，就是最好的英語教室

待的時間，從基本的聽力開始建構，他們的英語能力一定
會與日俱增。

英語的聽力環境

　　每個人天生都具有語言學習的能力，不管是英語或母
語，一開始學習都始於大量豐富的聽力刺激。有了足夠的
刺激與重複接觸，就能逐步發展出口說的能力。

　　根據統計，從我們第一次「接觸」到一個單字、片語
或一個句子，到能「主動應用」或「自發性應用」，大概
需要經過四十次以上的接觸。

　　因此，想要學好一個新的語言，首先必須營造一個反
覆聆聽的環境。身處在網路四通八達的台灣，想要營造英
語學習環境並不難，教學 CD、電視、電影、廣告都是訓
練聽力的來源，重點是內容要慎選，例如並不是每個人的
程度都適合聽 CNN、BBC 或 ICRT，選擇適合自己程度
的素材，盡可能選擇與每個人生活經驗相關、有意義的內
容，才能發揮訓練聽力的效果。

　　家長不妨協助孩子養成天天接觸英語、聆聽英語的好
習慣。即使無法每天聽二十到三十分鐘的英語教材，還是
可以有計畫性、有紀律地分段聽，哪怕一次專注聽個五分
鐘，一天聽個四、五次，以「少量多餐」的方式進行都好，
時間一久，一定會看到成果。

說的能力

讓孩子將聽到的先在腦海中重播一遍

　　口說能力，最基本的就是從模仿開始。一般老師在教學的時候，唸完一個句子會習慣說 "Repeat after me."（跟我複誦一遍），讓孩子們做學習模仿的動作。

　　例如唸完 "Please give me the book." 小朋友就立刻跟著說 "Please give me the book." 但是在這個過程中，並沒有給予小朋友足夠的時間思考。如果孩子根本沒聽懂句子的發音和消音、變音、連音、同化音等語調變化，就急著講出口，說出來的句子有可能是錯誤的。因此，我教學時會使用「回聲法」（Echo Method）。

　　我們的大腦在做出反應前，必須經過一段時間（雖然我們意識不到）後，才能傳遞所聽到的聲音，就像在山谷中喊話會聽到回音一樣。處理完這個聲音訊息之後，才輪到表達（說出口）。

　　當我唸一個句子時，不會急著要學生立刻複誦，而是給予他們一段讓句子在腦海中重播的時間。如果學生唸一個句子的時間需要兩秒鐘，那就讓他在唸出這個句子之前，有兩秒鐘的停頓時間，這樣有助於學生更精準地掌握發音技巧。

別陷入「標準發音」的迷思

我在演講時，經常遇到家長詢問英語發音方面的問題，例如：「我應該幫孩子找一個英式發音，還是美式發音的老師好呢？」

我認為在孩子的英語啟蒙教育上，提供孩子一個英語發音模仿範本固然重要，但在探討所謂「英語標準發音」之前，我們不妨先來看看，全世界的英語種類有多少種：歐洲英語、英國英語、英聯邦英語、北美英語、中大西洋英語、南亞英語以及東亞英語等……單就世界上常見的英國英語以及北美英語，以地區性分類的英語類別就高達六十種，我們應該學哪一種英語好呢？

接下來換個角度思考這個問題，如果依照標準英語的定義，RP（Received Pronunciation）是標準的英式英語發音，也就是 BBC（英國廣播公司）新聞播報員的英語發音；那麼，是不是所有的英文教師，他們的腔調都是 BBC 或 CNN 廣播公司新聞主播的發音？

我在兒童美語界任教多年，教出不少優秀的學生，也培訓了許多優秀的教師，我敢說自己在英語發音方面提供了孩子「正確」的英語發音。

但是，若要談到「標準」的英語發音，我也只能感嘆自己不是從小出生在英國、每天聽著道地英語腔長大，因此無法說出正統的英式英語。

處在這個地球村社會，我們面對的已不僅是英國人或者美國人，許多專業人才都必須透過英文來進行工作上的溝通、談判；能不能充分善用英語這個工具進行情報的搜集、知識的學習、觀念的溝通、理念的傳播等，才是我們應該著眼的地方。

因應這個趨勢，國際知名的英文考試 TOEIC 這幾年也針對英語聽力部分，刻意加入了世界各地的英語口音，其目的就是希望測出應試者真正的溝通能力，**一個真正擁有英語溝通能力的人並不會因不同地區的英語口音而影響溝通**，就像我們身為中文母語人士可以聽得懂不同口音的人說的中文，是一樣的道理。

何時開始學英語？

不要讓孩子輸在起跑點，是許多家長根深蒂固的觀念，因此，我常聽到一些求好心切的家長問：「讓孩子在上小學前學英語好嗎？我是否應該把孩子送去全美語幼兒園呢？」

我告訴他們，何時學美語，因人而異，但也要看父母的心態與教學的方法。倘若家長或老師的心態不正確，讓孩子一開始在學習英語的過程中就感受到競爭與考試的壓力，那就不見得越早學越好。

我建議，家長們應該**讓孩子自然而然的接觸中文和英文兩種語言**，不要強迫孩子學英文，以免造成他們的反彈

心理。在孩子學習英語的過程中，要多給予鼓勵與讚美，並且隨時關心他的學習情形。

此外，幼兒階段需要培養的不只是語文能力或英語能力，包含與他人相處的能力、生活自理能力、情緒表達與自我管理能力，也是相當重要的。

面對幼兒學習英語這件事情上，身為家長的大人應該多給予耐心與鼓勵，早一步學習不一定代表能夠學得比較好，必須要用對方法，才能把握提早學習的優勢。

父母在選擇幼兒園時，必須要考量許多不同的條件。首先，師資是一個很大的問題。

為了迎合家長崇洋媚外的心理，一些幼兒園紛紛以老外教美語為號召，但不見得所有的外籍教師都具備英語教學資格，或者雖然長得一臉「外國人」的樣子，但英語並非他們的母語，更何況，很多英語老師本身並不具備幼教專長與知識。

一個老師的專業度與愛心、耐心是必備的教學條件，辦學理念、立案的合法性、環境安全與衛生等也是考量的因素，建議家長們不妨帶著孩子實地到幼兒園走一遭後再做決定。

關於這方面的資訊，教育部出版了免費的電子書，提供給民眾自行下載，請上「全國幼教資訊網」查詢：http://www.ece.moe.edu.tw/adaption.html。

該把孩子送去全美語學校嗎？

在某個演講場合中，有一位媽媽和我說，她在孩子上幼稚園的階段就把他送去全美語學校，結果不但英文沒學好，中文程度也直直落，令她十分後悔。

其實如果孩子年紀還小就送到所謂的全美語幼兒園，有可能會讓他們在上了小學之後，對於中文產生排斥感或者不適應，造成反效果，畢竟我們生活的環境還是以中文為主。

另外，順道一提，目前台灣的法律是明文禁止「全美語幼兒園」這樣的立案名目的。

將孩子送到全美語的幼兒園，讓他們一開始接觸英語就能夠學習道地純正的發音固然對提升英語能力有幫助，但是，文化和語言學習是息息相關的，如果我們的孩子只一味地專注於學習英文，對於中國的五千年文化缺乏了解與認同，那也是很可惜的事。況且，未來小孩長大之後要學的所有知識，不管是數學、社會、科學等科目，都有賴建構於中文的基礎上。

近年來，中國經濟快速發展，也掀起了「全球中文學習熱」的風潮。有一則國際新聞提到，法國於 2008 年開始在公立學校設立「漢語國際班」，將漢語學習正式融入法國的教育體制中，法國學生可以從小學三年級開始每週上兩次一個半小時的中文課，直到高中，此舉也獲得了家

長與學生普遍的認同和重視。連外國人都如此認真學習中文，我們身處於中文的母語環境，更應該珍惜並重視這樣的學習資源才是！

我常說，如果一個孩子中文表達能力不好，很可能英文表達能力也會出問題，所以中文真的很重要！

與其只是讓孩子學會唸一些英文單字或是講幾個英文句子，還不如著眼在孩子的溝通能力上，而溝通能力還是要從母語開始培養。擁有良好溝通能力的孩子知道在各種情境中面對不同的人時，如何進行有效的溝通，讓對方充分地理解自己的想法，也明確地了解對方的想法，避免溝通上的困難、誤解甚至衝突。

家，就是最好的英語教室

祕訣

8

一般家長總認為英文起跑點越早越好，
但是究竟要何時開始學，因人而異。
最好的情況是讓孩子自然而然地接觸中文和英文，
不要強迫孩子學習。

培養具有「英語溝通力」的孩子

在英語教學當中，我們常會需要去考慮所謂 "accuracy"（精準度）與 "fluency"（流暢度）的問題。不管是口語能力或是閱讀能力都要考慮到這兩點，因此，老師應該在課堂中透過不同的教學活動，讓學生均衡練習，培養出具有「英語溝通力」的孩子。

溝通式教學法

現在國際主流的英語教學法——「溝通式教學法」（CLT, Communicative Language Teaching），常被誤解為只是「教」孩子在課堂中去使用語言和老師溝通，這是對於基本觀念不了解所導致的結果。

練習溝通的不只是老師跟學生之間，也必須訓練學生透過模擬真實情境的活動，和其他學生彼此之間運用英語進行溝通。老師所要做的是設定一個情境，讓孩子在這個情境當中正確地使用英語。

溝通的基本條件是因為資訊的不足，如果你都知道了相關訊息，那就沒有溝通的必要。這不只侷限在口說方面，還可以延伸到讀寫方面。

假設今天在課堂上教小朋友這個句子 "Where are you going?"（你要去哪裡？）有些老師可能會拿出一個「台北 101」的圖卡，小朋友就看著回答 "I'm going to Taipei 101.", 事實上他並沒有真的要去 101 大樓，只是依照提示把單字代換到固定句型中做機械式的練習（mechanical drill），這樣無法測驗出學生是否有靈活運用的溝通能力。

倘若老師給學生另一個提示："You want to buy some books. Where are you going?"（你想要買一些書，你要去哪裡？）此時，小朋友可能會說"I'm going to the bookstore."（我要去書店）。

這個例子就比第一個稍微有情境一點，也需要讓學生動腦去思考如何回答，一旦經過思考，就比較容易記住學習的內容。

但是，它還不夠真實，如果能提供真實的情境更好。

這個例子中的主要句型"Where are you going?"以及"I am going to..."如果涉及到培養學生英語溝通與運用能力，我會給學生以下情境：「想像一下，你在路上遇到了一個好久不見的朋友，他正要去某個地方，你剛好下午也沒什麼事，所以就問他要去哪裡？還有，你想不想跟他一起去？」

此時，我會請小朋友寫下三個關鍵字，這些關鍵字必須是他們學過的。

第一個字可能是當時的天氣，例如：sunny（晴天）；第二個字是小朋友真正想要去的地方，例如：the beach（海邊）；第三個字則是小朋友真正想要去做的事情，例如：

go swimming（去游泳），如此一來，這樣的情境設定就
有意義多了。

寫完之後，我會分組兩兩互相問答，請小朋友自行回
答，決定要不要一起去那個地方，或者下次再說。在這個
範例裡，說話者不知道對方要去哪裡，也不清楚對方想要
做什麼？接下來會有什麼結果？我不會強迫學生一定要寫
「去101」，而是用自己會的英文回答。

就上述的例子，你可能會在課堂上聽到以下的對話：

Student 1：Long time no see!
　　　　　好久不見！
Student 2：Yes! Longtime no see!
　　　　　是啊！好久不見！
Student 1：Where are you going?
　　　　　你要去哪裡？
Student 2：I'm going to the beach.
　　　　　我要去海邊。
Student 1：Really?! What are you going to do there?
　　　　　真的啊？！你要去海邊做什麼？
Student 2：I'm going to go swimming because the
　　　　　weather is sunny.
　　　　　我要去游泳，因為天氣很晴朗。

Student 1：Can I go with you?
　　　　　我可以跟你去嗎？
Student 2：Sure! Let's go!
　　　　　當然！咱們走吧！

這就是一段很自然的對話，是真的在溝通。

再舉一個「溝通式教學」的例子。假設我拿出一支紅色的白板筆問小朋友："What color is it?"
學過顏色的小朋友很容易回答："It's red."

這樣的回答充其量只是一種字句的練習，是沒有溝通意義的。
白板筆是是紅色的沒有錯，但是，你難道還不知道這是紅色的嗎？
人之所以要溝通，是因為不知道，或者有什麼訊息想要傳達，就像我明明知道對方是女生，還問："Are you a boy or a girl?"就只是為了練習"Are you a ...?"的句型，並不是在做溝通。
有些小朋友或許能正確回答，但沒有什麼表情。如果他一臉狐疑地說："Are you nuts?!"（你瘋了嗎？！）那這句話背後傳達的溝通力就很棒！因為他的回答符合當時的情境，有即時的反應。

回到剛才提到關於白板筆的例子。

接下來，我會把筆藏在看不到的口袋裡，然後告訴小朋友："I have something in my pocket. Guess! What is it?"（我口袋有個東西，你們猜猜看是什麼？）在我還沒將東西拿出來之前，繼續問："What color is it?"（它是什麼顏色的？）

小朋友如果猜是紅色，那他們的回答就可以有好多可能性。例如："Red?"、"It's red?"、"It is red!"、"I think it is red."……只要他們能依照自己的想法表達出意思就可以，這就是有意義的溝通對話，也才符合「溝通式教學法」的宗旨。

英語能力分為「口語交流」及「書面交流」，
也就是完整的聽説讀寫能力。
溝通式教學法的重點在於設定情境，
更能達到學習的效果！

寓教於樂學英文

　　有部改編自真人實事的影片「春風化雨師道情」（Ron Clark Story）中，描述「全美最佳教師獎」得主隆·克拉克（Ron Clark）如何激勵學生，感化在一般人眼中看似頑劣不羈的學生。

　　他的教育精神令人十分佩服，其中有一幕是 Ron Clark 帶著他班上的學生去看歌劇「歌劇魅影」，帶給我很深的印象。

　　在 2006 年底，當我知道全球知名音樂劇「貓」（Cats）要到高雄公演時，我十分興奮，立刻興起了想要帶領國中班學生去欣賞這部劇的念頭。

　　我希望讓學生們知道，語言的學習不是只有侷限於課本裡的東西，更重要的是，了解其他國家的文化，藉此刺激他們的學習動機。

　　於是，我買了票，並且把這齣膾炙人口的音樂劇「貓」編入寒假的英文課程中，利用寒假短短兩週的時間，和學生一起研讀「貓」劇的故事、創作背景，以及安德魯·洛伊·偉伯（Andrew Lloyd Webber）創作這部戲背景音樂的過程。

　　除了上網查詢相關資料，將資料彙編成講義之外，我也買了「貓」的 CD 與 DVD 當作輔助教具，針對每個場景介紹，在時間允許的情況下，播放無字幕的英文畫面，

家，就是最好的英語教室

和學生做討論，最後再播放有英文字幕的畫面，加以解說，並要求學生對照英文台詞，回想剛才解說過的部分。

事前的查字典工作也是必要的，我限定學生每頁只能查十個單字，不希望他們因為查字典而失去了觀賞這齣戲的興趣，另一方面則是讓他們自己選擇想要查的單字。

每次在觀賞 DVD 的時候，有預習的學生會比較容易進入狀況，也容易將學到的單字及句子記起來。

當然，我主要目的並不在於讓他們完全理解劇情內容，而是培養他們獨立學習的能力。

最後一堂課，我也再次提醒學生去公共場所應該注意的禮節及事項。到了演出當天，一就定位，看到舞台上的佈景，我的內心立刻湧起一股莫名的興奮……音樂一響起，我的興奮轉換成感動，隨著劇情展開，看著演員穿梭在觀眾席間，又是另一種新的體驗，是在 DVD 中感受不到的震撼力，而全場觀眾也都投以如雷的掌聲！

回程的路上，大家紛紛發表看完「貓」劇的感想。

平時鮮少在表達意見的學生，也都分享了自己的感動。我發現，這部戲啟發他們的，不只是「搖滾貓好酷」而已，而是讓他們學會更多人生的哲理，包括：尊重、寬恕、包容、感恩等，經由實際的英語體驗教育，也擴大了他們的學習視野。

Z． 讀的能力

　　現在的孩子普遍閱讀量都很少，缺乏閱讀的刺激，理解力也因而降低。有人甚至曾開玩笑地說：就連大人，每天看最多的書可能是「臉書」（Facebook）。

　　我在課堂上經常告誡我的學生，千萬別只會說英語，而沒有英文閱讀及英文寫作的能力，不然充其量只是個「英文文盲」。我這樣說的目的，就是希望他們重視英文閱讀這件事。

　　說到英文閱讀能力之前，我們先來看看中文閱讀這件事情。在這個網路發達的時代，許多孩子習慣上網玩遊戲、看 PPS 影片、臉書，因而無法體會閱讀紙本書以及長篇文體的樂趣。

　　基本上，我不是很建議太早讓孩子接觸智慧型手機和網路，與其讓孩子花時間上網，不如培養孩子閱讀的習慣。上網的時間一多，相對地，花在閱讀的時間就變少了，然而，閱讀正是提升語文及英文能力最好的方式之一。

　　許多孩子從未真正享受過閱讀所帶來的樂趣，所以出了校門之後，也就鮮少閱讀。因此，我們應該幫助孩子愛上閱讀這件事，進而養成閱讀的習慣。

　　在培養孩子英文閱讀力時，要讓孩子先能理解閱讀的內容，再來談內容細節的精讀，也就是採用「由上到下」

家，就是最好的英語教室

的閱讀策略（Top-Down Approach），而非著眼於將單一詞彙、某個字或句子的中文解釋……等片段性的資訊輸入他們的腦海之中。

很多家長問我：「我買了很多英文故事書給孩子，但他就是不看，怎麼辦？」

原因很可能是孩子沒有養成閱讀的習慣，或是這些閱讀內容，對於他來講太難了，應該選擇適合他的程度的閱讀素材，或者讓孩子有選擇書籍的自主權。基本上，如果閱讀內容有超過 6% 以上是孩子未接觸過的，很可能對孩子來講就會太難，在閱讀的過程中比較難以產生共鳴，並引發孩子的興趣。

如果孩子在閱讀過程中能夠看得懂又看得快的時候，就能提升閱讀的流暢度，在這樣的正向循環之下，持續閱讀的意願也就提高。

1997 年有一篇針對英語為母語的小朋友所做的研究報告中指出，15% 學齡前的小朋友具有流暢的閱讀能力，如果可以提早接觸閱讀，對於他們閱讀能力的提升其實是好的。

我也可以一起挑選英文讀物，學英文真是有趣！

流暢的閱讀能力

國外的教育是從幼兒園就開始幫助孩子建立對字母和聲音的認識，這算是基本的字母拼讀能力，他們一直到小學二、三年級都在建構這樣的能力，希望培養孩子不只是看到字能讀、聽到字就能拼，也建構他們流暢的閱讀能力（reading fluency）。

「閱讀流暢度」（reading fluency）是指在一定時間內能夠正確閱讀的字數，通常我們會化成一分鐘能正確閱讀多少字的數量（WCPM, Words Correct Per Minute）。

當閱讀了一篇文章或一個段落，把讀正確的字扣除讀錯的字，再除以所花的時間（以分鐘計算），得到一個數值（WCPM），長期追蹤這個數值，就可以知道閱讀成長的速度，WCPM 值愈高，代表閱讀流暢度愈佳。

對於閱讀教育，國內外有很大的差異。上了小學之後，國內的學校大都會用選擇題的方式來測驗學生閱讀理解的程度，如果學生對於書裡的單字不是非常瞭解的話，分數往往就會偏低，反而扼殺了他們閱讀英文的樂趣。

如果可以讓學生透過不同的方式，呈現對於書中內容理解的程度，就能提升學生的學習動機。舉例來說：評量可以跳脫只考筆試的方式，讓學生用分組活動、表演、讀者劇場、模擬對話、演戲、繪畫、口語問答等方式進行。

家，就是最好的英語教室

如何挑選推薦適合孩子的英語讀物？

幼兒及兒童階段學習英文的孩子，非常適合透過閱讀繪本或故事來培養英語力及閱讀力。至於，要如何選擇適合孩子的繪本或故事呢？以下提供幾點建議：

1. 依照孩子的年齡層選擇

0~1歲 有些家長認為小嬰兒還不會閱讀或者不需要培養閱讀的習慣，其實，家長可以從嬰幼兒階段就開始培養孩子的閱讀樂趣。

適合這個年齡階段的素材主要以遊戲書為主，家長可以每天說故事給小寶寶聽，在說故事的同時一邊指著圖畫以吸引嬰兒的目光，讓他們邊翻書邊玩，因此在材質上可以挑選一些軟質或厚卡紙的書籍，方便小寶寶翻閱。

但是家長先別急著讓孩子一定要盯著書看，因為嬰兒通常要等到六個月之後，視覺發展較成熟、具有眼睛聚焦的能力時，才能看到具象的實體。

1~3歲 在這一個階段，只要讓孩子持續保持願意翻書的興趣就可以了。適合這個年齡階段的孩子，主要是以主題式圖畫繪本為主，這些繪本的內容通常比較沒有故事結構，但是會針對一個特定的主題（如：顏色、

動物、形狀等）介紹不同物品的名稱。

此外，也可以藉由生活當中各式各樣隨手可得、有實體照片的書，讓孩子練習認識常見的物品與標誌，並且從故事情節當中引導孩子認識生活規範、好習慣與建立優良價值觀。

3~6歲 這個年齡階段的孩子逐漸發展出自我意識，也比較會表達自己的想法，可以開始閱讀具有故事性的繪本或是故事，這些具故事情節的繪本可以挑戰孩子的心智、培養他們豐富的想像力。

艾瑞・卡爾（Eric Carle）是我個人非常喜歡的經典繪本系列，畫風用色大膽鮮豔，故事句子具有重複性，十分容易閱讀，最後總有令人會心一笑的結局，很容易吸引小朋友。

6~12歲 如果孩子接觸英文的時間比較早，到了小學階段就可以閱讀故事性更強、架構更完整的讀物，像動畫電影「羅雷司」（The Lorax）就是經典童書改編的，作者是美國知名童書作者 Dr. Seuss，他被喻為美國童書的莎士比亞，創作了非常多膾炙人口的童書，像是《The cat in the hat》、《How the Grinch stole Christmas》，他的作品不僅具豐富想像力，而且有許多押韻字，適合小學生閱讀，難怪迪士尼也改編了不少他的作品。

12歲以上 小學以上的孩子可以開始接觸世界經典名著，閱讀名著不僅可以培養孩子的閱讀能力，還可以藉由學習主角的正向人格特質與精神，擴展孩子的國際觀和思維，培養想像力。

許多出版社都出版了簡易版的世界經典名著，包括：《金銀島》（The Treasure Island）、《湯姆歷險記》（The Adventures of Tom Sawyer）、《小氣財神》（A Christmas Carol）、《小婦人》（Little Women）、《大亨小傳》（The Great Gatsby）、《麥田捕手》（The Catcher in the Rye）等，都是不錯的選擇。

2. 選擇孩子喜歡的題材

繪本題材非常眾多，與其選擇大人喜歡的讀物，不如把選擇權交給孩子。

家長平常不妨帶孩子去逛逛書局或圖書館的童書區，問問孩子喜歡哪一本書，每次只挑選一本就好。

讓孩子自己挑繪本或故事書有個好處，因為是孩子自己挑的，他必須為自己的行為負責任，這比父母幫他挑選來得吸引他的閱讀興趣，持續閱讀的意願也會比較高。

3. 得獎作品是很好的指標

家長在挑選繪本可以選購一些榮獲國際大獎的繪本，能獲得國際大獎肯定的繪本，不僅在繪畫的精美度與風格

上備受好評，在故事架構與內容上也都有不錯的評價。

　　通常這些繪本在封面會蓋上相關獎項的戳章，知名的繪本大獎包括：安徒生繪本大獎、英國格林威大獎、德國繪本大獎、美國凱迪克大獎、波隆那國際兒童書展最佳選書等。

營造適合閱讀的環境

　　閱讀習慣和其他習慣的養成一樣，需要時間。如果父母希望孩子養成終生閱讀的習慣，請平常一定要每天至少抽出半小時的時間，陪著孩子一同閱讀。

　　如果孩子年紀比較小，可以把閱讀時間縮短，重點是持之以恆，持續至少兩個月以上，養成孩子每天在固定時間晨讀、夜讀的習慣，讓閱讀不只是孩子的事情，也是全家的例行大事。

　　父母陪伴孩子閱讀，既可以培養孩子的好習慣，又可以自我充實，何樂而不為？

　　當孩子閱讀完一個段落或章節，父母可以詢問故事情節，讓孩子與你一起分享閱讀的內容。或者，提出一些延伸思考的問題，但千萬別考孩子閱讀理解測驗，這會扼殺了孩子的閱讀興趣。

　　例如，讀完灰姑娘的故事，你可以問孩子一些開放性的問題：「如果你是灰姑娘，午夜時間到了之前應該怎麼做比較好？」、「你從灰姑娘面對後母與姊姊們刻薄對待

的過程中，學到哪些事情？」、「為什麼灰姑娘要忍受後母與姊姊們的欺負？」這些問題除了有助於建立孩子正確的價值觀，也可以培養孩子深度思考的能力。

善用免費的網路閱讀資源

網路上有許多豐富的閱讀資源提供一般民眾使用，以下列出一些網站資源給大家做參考。

● Starfall

涵蓋基本的字母到故事閱讀，內容豐富，還有許多小動畫說明英文字母的故事與字母發音的規則，對於初階學習的孩子很有幫助。

http://starfall.com.tw

● BBC 英國國家廣播公司線上兒童故事

根據主題進行分類的故事、背景音樂及動畫，還有互動學習英文的遊戲，十分有趣。

http://www.bbc.co.uk/cbeebies/stories/

● 線上兒童文學資源

提供大量的兒童讀物，包含有聲書以及線上免費下載等功能。

http://www.e-booksdirectory.com/listing.php?category=158

● 加拿大青少年世界經典名著線上閱讀網

提供大量世界經典名著的線上閱讀。

http://http://people.ucalgary.ca/~dkbrown/storclas.html

● 國立台中圖書館電子書閱讀專區

提供免費的英文繪本供線上閱讀，不僅有動畫、真人唸故事，還有互動學習的功能。

http://grimm.ntl.gov.tw/second/epb.php?cid=4

● 教育部全國幼教資訊網

提供超過兩百本的推薦繪本，雖然是中文版，但其中不乏國際知名著作。

http://www.ece.moe.edu.tw/books.html

祕訣
10

父母要培養孩子扎實的英語閱讀能力。
與其挑選大人喜歡的讀物，不如將選擇權交給孩子，
更能提高他們的閱讀動機。

正解字母拼讀──讓你不再死記硬背單字

英語學到某個程度後，如果想要增加字彙量，就要能夠融會貫通字根字首的概念。

許多人在背單字時，是一個字一個字的背，很少去做比對分類：像是今天學的這個字有沒有和其他字很像？或是多去瞭解一下這個字背後的故事？在英語教學上，運用字根字首的觀念，可以幫助孩子提升字彙能力。

由於每個孩子都喜歡聽故事，所以在教導字源的時候，不妨當作是在講故事。例如 sandwich（三明治）這個字，大部分的人都是硬背下來，但是當我們去研究它的由來，就會發現它是十八世紀一個英國公爵的姓氏，有一天這個視賭如命的公爵忙著打牌沒時間吃飯，就差人把肉片和蔬菜夾在麵包裡面來填飽肚子，三明治也因而得名。了解它的典故之後，在背單字時印象就會深刻得多。

此外，我們還可以搭配讀音與聯想的方式來幫助孩子記憶這個單字。

例如，說把三明治和沙子（sand）與巫婆（witch）聯想在一起，三明治麵包上面一粒粒的芝麻很像沙子（sand），被巫婆（witch）吃掉了（只是要注意到 sandwich 中沒有 t）。

單字學習的目標除了知道發音、意思，還要了解單字的同義字、反義字、字根、字首……以及怎麼去運用。

我們不會在孩子一開始學英文單字時，就要他們把這些資訊全部學會，而是把焦點放在辨識單字的聲音上。

　　辨識聲音也是一種重要的單字學習策略，背單字不是只有死背硬記而已，必須先掌握它的發音要領。

　　假設我今天說了一個單字 toucan（大嘴鳥），孩子可能一開始不曉得它是什麼，但是如果我用簡單的英文告訴他們 "It's a very cute bird with a very big colorful bill, usually red and yellow, and a black body." （那是一種嘴巴大大的、嘴巴是多采多姿的顏色，通常是紅黃色的，身體是黑色的，一種很可愛的鳥），甚至讓孩子看到照片，了解這隻鳥的特徵，他們會更進入情況。

　　接下來再講 toucan 這個單字的結構，tou 這個音裡面有字母 t，can 這個音裡面有字母 c 和 n。這時候，「字母拼讀法」就派上用場了！

　　現今，許多英語教育機構都採用「字母拼讀法」（Phonics），來教導孩子正確、快速的學習英文單字。

　　所謂「字母拼讀法」，顧名思義，是在教導孩子讀和寫的方法。

　　根據 2005 年的新聞報導指出，英國教育標準局的局長（相當於教育部長）建議要及早把「字母拼讀法」教給小朋友，因為它對孩子的閱讀能力具有關鍵性影響。

　　什麼是「字母拼讀法」？有些人稱為「自然發音法」、「自然拼音法」、「直接發音法」或是「直覺發音法」，

其實，這些指的都是 Phonics。台灣教育部在 1997 年正式把 Phonics 正名為「字母拼讀法」。

1.「字母拼讀法」讓學習更輕鬆

在英美國家，「字母拼讀法」是小學生必須學習的工具，讓學習者能夠「看字讀音」（encoding）、「聽音拼字」（decoding），不用死記硬背，就可以認識大量的單字。

國內許多學校，包括小學和補習班都會教字母拼讀法，可惜很多英文老師對於這個領域還是一知半解。

在「字母拼讀法」的教學過程中，主要是讓孩子了解字母（或某些字母組合）與聲音相對應的關係。

例如，蝙蝠的英文叫做 bat，首先，要學會拆聲音，把它拆成頭跟尾 b, t，然後是中間的母音，有時候比較難區別。

如果你聽得出來它是發 [æ] 音，那麼就能輕鬆拼出整個單字了，根本不需要死記。

根據史丹佛大學針對 17,009 個常用字所做的研究，字母組合和聲音之間存在「完全對應關係」的佔 84%，「不完全對應關係」佔 13%，「完全不對應關係」只佔 3%。如果學會「字母拼讀法」，至少可以掌握到大部分的單字發音和拼字。其中，「不完全對應關係」的字形與字音的關係，就有點像中文的破音字或一字多音的概念。

例如，大多數「子音 + 母音 + 子音」的單字（其中的

母音都是短母音），都是屬於「完全對應規則」的單字。小朋友即便不知道杯子的拼法，只要可以唸得出 [kʌp]，就可以輕輕鬆鬆拼出 c-u-p 這個單字。夾在中間的 a，基本上都唸 [æ]，像是 cat 的 a，了解這個規則後，孩子就會唸 cat，就會唸 fat、mat……可以很快拼出幾十個單字。

在字母拼讀法當中，子音部分是比較簡單的，比較有問題的通常會是母音。

母音有不少規則，其中長母音有一個很常用的規則：兩個母音字母（a、e、i、o、u）組合在一起時，通常第二個母音字母不唸出聲音，整個組合只要唸第一個母音字母名字的發音即可。舉例來說：

- oa 的 a 不發音，oa 直接唸第一個字母 o 的音。
  例如：boat, coat, float, cloak。
- ai 的 i 不發音，ai 直接唸第一個字母 a 的音。
  例如：bait, sail, paint, claim。
- ea 的 a 不發音，ea 直接唸第一個字母 e 的音。
  例如：beat, seat, meat, neat。

由於英文是一個結合不同語系的語言，組成英文的根源包含了拉丁文、希臘文、日耳曼語等，所以，關於英語發音與拼字，有一條通則是這樣說的：**有規則必有例外**。言下之意是「有時候規則並不適用」。就像 ow 有時唸

[au]，有時唸 [o]，例如：how 當中的 ow 唸 [au]，slow 當中的 ow 則唸 [o]。

另外，像 ch 這個字母組合，大部分會唸成 [tʃ]，例如 teacher（老師）中的 ch；有時則唸成 [k]，因為它是源自於希臘的字母，很多跟科學有關的字，它的來源和希臘文有關，例如化學 chemistry，當中的 ch 就是唸 [k]；有時 ch 還唸成 [ʃ]，降落傘叫做 parachute，當中的 ch 就是唸 [ʃ]，這就是英文向法文借來的字。

2. Phonics 的教學策略

● 合成式教學策略（Synthetic Phonics）

把每個單讀的聲音都拆開來拼讀，類似中文拼音的三拼法。例如：stop 這個字，就會拆成四個聲音 s-t-o-p。

● 類比式教學策略（Analogy Phonics）

透過歸納相同尾韻的比對，把尾韻給分離出來，拼讀的速度會比合成式的稍微快一些，類似中文拼音的二拼法，例如同樣是 stop 這個字，就會拆成兩個部分 st-op。

● 分析式教學策略（Analytic Phonics）

分析組成字的不同部分，是否跟之前學過的字有相同的組成。例如 stop 這個字當中，可以拆出 st，就像 star 裡面的頭韻 st；op 就像 top 裡面的尾韻 op，這種策略需要學生有一定的英文基礎，比較不適合初學者。通常老師在採用這種字母拼讀的教學策略時，會羅列出一串有相同規則的字，讓學生進行分析比對。

● 嵌入式教學策略（Embedded Phonics）

直接透過閱讀故事或繪本的方式，以故事當中出現相

同規則的單字來進行學習。坊間有特別針對字母拼讀設計的故事繪本，裡面會挑選一些有相同規則的單字，讀完故事之後，也非常輕鬆地就能把一組規則給學完了。

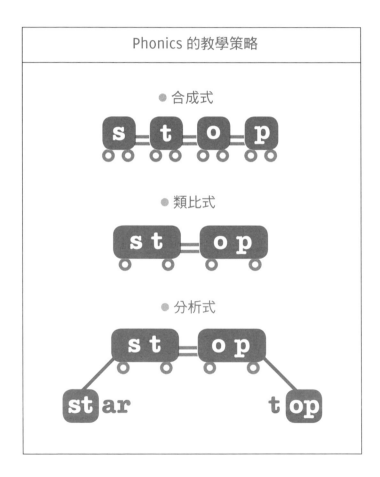

家，就是最好的英語教室

常見的字母拼讀規則	
子音規則	字母與相對應音
單子音 26 個字母除去母音字母（a、e、i、o、u）後的 21 個子音字母	b [b]　c [k]　d [d]　f [f]　g [g] h [h]　j [dʒ]　k [k]　l [l]　m [m] n [n]　p [p]　q (u) [kw]　r [r] s [s]　t [t]　v [v]　w [w] x [ks]　y [j]　z [z]
複合子音 兩個子音字母在一起只唸一個音	th [θ] 或 [ð] sh [ʃ]　ch [tʃ] ph [f]　ck [k] ng [ŋ]　wh [hw]
子音群 兩個（含以上）子音字母在一起	bl [bl]　br [br] cl [kl]　cr [kr] dr [dr]　tr [tr] fl [fl]　fr [fr] gl [gl]　gr [gr] pl [pl]　pr [pr] sc [sk]　sk [sk]　sl [sl]　sm [sm] sn [sn]　sp [sp]　st [st]　sw [sw] sbr [sbr]　scr [skr]　spr [spr] spl [spl]　str [str] * 母音之後的 sp、st、sk 　要讀成近似 [sb]、[sd]、[sg] 的音。

子音規則	字母與相對應音
c, g 軟音	C / c [s] in CITY / CELL / CYCLE G / g [g] in GIRAFFE / GEM / GYM * C 發 [k]；G 發 [g] 時， 　稱為硬音（hard sound）。 * C、G 之後接 e、i 或 y 時， 　C 通常讀成軟音 [s]、 　G 通常讀成軟音 [dʒ]。 　例如：ice、city、change、gym。

家，就是最好的英語教室

子音規則	字母與相對應音
短母音 通常出現在 單音節單字， 如 cat, bet, fit, pot, bus	A / a [æ]　E / e [ε]　I / i [ɪ] O / o [ɑ]　U / u [ʌ]
長母音	a_e / ai / ay [e] e_e / ee / ea / _e（he, me, she, we）[i] i_e / ie / igh [aɪ] o_e / oe / oa / ow [o] u_e / ue [ju]　u_e / ue / ui [u] * 單一個 [j] 並非母音， 　只有 [u] 本身才是母音 * u_e / ue 前面接的是 r, s, l 時， 　u_e / ue 會發 [u] 　（例：rule, Sue, blue, glue）， 　其他時候則發 [ju] 　（例：mule, tune, puke, fuse）
複合母音	兩個母音字母在一起只唸一個音 oo [u]　oo [ʊ]　au / aw [ɔ]

子音規則	字母與相對應音
雙母音	ou / ow [aʊ]　oi / oy [ɔɪ]
與 r 相關的捲舌音	ar [ɑr]　er [ɚ]　ir / ur [ɝ]　or [ɔr] * 在輕音節中的 ar, er, ir, or, ur 　都唸 [ɚ]， 　例如：dollar, teller, doctor
y 在字尾當母音	y [aɪ] in fly, try, sky... y [ɪ] in happy, mommy, candy

 家，就是最好的英語教室

3. 重音的原則

在「字母拼讀」教學的過程當中，我通常會教學生一些常見的發音原則。

例如：**如果動詞和名詞兩個字是同一個字，重音在前面的通常是名詞，重音在後面的通常是動詞。** 像是 produce 重音在第一音節，所以是名詞，指的是農產品的製造品。如果當動詞（製造）的話，那它的重音就往後移到第二音節了。

根據我的經驗，有許多英文老師其實講不出重音到底是什麼，學生當然也就囫圇吞棗地接收了「重音」（stress）這個觀念。

許多人有個誤解，以為重音在於這個音發很重。我常比喻，單字就像一列蒸汽火車，重音就像是火車頭，發出的聲音有三個特性：**聲音很長、很大、很高**（請想像上個世紀蒸汽火車的火車頭汽笛鳴笛音）。

聲音很長，所以只要是一個單字裡重音節的母音，通常相對於該單字其他音節的母音就會比較長，一個單字中重音節的母音通常就會是長母音。

聲音很大，因此只要是重音節的聲音，聽起來會比較重、比較大聲一點。

聲音很高，只要是重音節的音調就是國語的一聲（聲音相對其他的調是比較高的），其餘非重音節的音調就是

國語的輕聲；如果重音節在一個單字的最後音節，則最後音節就發四聲。重音的概念，如此簡單就說完了，非常容易理解。

　　舉例來說，lady（女士）這個字，重音在第一音節，所以 la 的母音和 dy 的母音比較，相對來說屬於長音，第一音節的音階比較高，第一音節的聲音也比較大聲。

常見的重音單字規則（大寫字母代表重音節所在）

重音在第一音節

規則	例字
大多數雙音節名詞	PRESent, EXport, CHIna, TAble
大多數雙音節形容詞	PRESent, SLENder, CLEVer, HAPpy

重音在最後音節

規則	例字
大多數雙音節動詞	to preSENT, to exPORT, to deCIDE, to beGIN

家，就是最好的英語教室

重音在倒數第二音節

規則	例字
單字由 -ic 結尾	GRAPHic, geoGRAPHic, geoLOGic
單字由 -sion 及 -tion 結尾	teleVIsion, reveLAtion

重音在倒數第三音節

規則	例字
單字由 -cy, -ty, -phy 及 -gy 結尾	deMOcracy, dependaBIlity, phoTOgraphy, geOLogy
單字由 -al 結尾	CRItical, geoLOGical

複合字（兩個字組成的一組字）

規則	例字
複合名詞重音在第一個部分	BLACKbird, GREENhouse
複合形容詞重音在第二個部分	bad-TEMpered, old-FASHioned
複合動詞重音在第二部分	to underSTAND, to overFLOW

4. 字母拼讀之前的能力

和許多人認知不同的是，其實，「字母拼讀法」是在訓練讀和寫的能力，而非聽、說能力，雖然聽和說是基礎。

對於母語是英語的西方國家孩子來說，他們在學字母拼讀之前已經接觸了五、六年英語聽與說的過程，可是我們的孩子並沒有經過這麼久的前期訓練，所以，每次在教一個規則的時候，我會透過一些歌曲、韻文或是短篇故事來補強語音輸入的不足。

● 說說唱唱學發音

假設我今天要教導孩子 [b] 這個發音，我不會單純只講 B 唸 [b]，而是講一段小故事或帶有情境的短句來加深學生的印象。透過故事裡面出現很多 [b] 聲音的單字，來讓孩子察覺並瞭解 [b] 的聲音，除了增加語感之外，也可以引發他們的學習興趣。例："The blue balls are bouncing on the floor. Boom-Boom-Boom!" 我們也能用韻文引導孩子，如果要教長音 [i] 的發音，就可以用這首情境韻文：

A sailor went to sea sea sea

To see what he could see see see

But all that he could see see see

Was the bottom of the deep blue sea sea sea.

家，就是最好的英語教室

一般在這個學習過程裡，小朋友感覺就是在唱歌，但其實藉由歌唱是可以培養他們對聲音 [i] 的敏銳度。

　　很多老師在教字母拼讀的時候只是簡單地把歌曲韻文當成暖身活動，或者只是為了單純好玩而已，其實應該把歌曲韻文變成與教學結合的項目。另外，繞口令也是很棒的教學小法寶，像 "She sells seashells by the seashore." 這個句子裡就有很多的 [s]、[z]、[ʃ] 等相似音的字，可以訓練孩子對於聲音的判斷能力（或稱辨音的能力）。

　　如果他在不同場合聽到同樣的聲音，經過反覆聆聽之後，就會對於聲音的反應更加敏銳。

　　我們的中文也有「小皮球，香蕉油，滿地開花二十一，二五六，二五七，二八二九三十一」之類的兒歌，像「爸爸抱寶寶，寶寶吃包子，寶寶吃很飽」的打油詩裡面都有ㄅㄅㄅㄅ（bbbb）的聲音，在無形之中，可以訓練小朋友的大腦對於語音做統計歸類，培養孩子對於聲音的語感。

　　原則上，培養幼兒的「音素覺識能力」（Phonemic Awareness Skills）一般分為五個階段：聲音的辨識察覺、聲音的組合、聲音的位置辨識、聲音的拆解，最後是聲音的操作。從幼兒開始建立對聲音的辨識敏銳度，提供大量「聽」的環境，教孩子從如何講整句話開始，但不需要知道怎麼拼其中的單字。

　　上了小學一年級再開始學字母其實也不遲，這時剛好

把他聽過的、會講的、會唸的字跟看到的文字結合。國外的小朋友在幼稚園裡，一般都經歷過發展音素（音韻）覺識能力（phonemic awareness skills）的階段，透過大量的歌曲、韻文、故事、唱遊的方式，來發展聲音、聲韻、音節、組合聲音、拆解聲音等的能力。

● 音節

除了對聲音的辨認能力之外，我們也要培養孩子對於音節概念的敏銳度。音節和具體的拼字能力是有關聯性的，例如：有些字是多音節，包含好幾個母音字母，但是為什麼孩子在拼字過程中會漏掉其中一些母音字母 a、e、i、o、u 呢？就是孩子對音節概念不是很清楚所造成的。

我在協助孩子建立音節的概念時會告訴他們：一個音節就是，發音的時候，嘴巴閉合一次。一個音節一定要有一個母音，一個音節就好像一節火車廂，母音是媽媽，每一節火車廂裡都要有媽媽；字音是小孩，小孩不能單獨坐在火車廂內。透過講故事的方式，讓小朋友更容易記得這些觀念。

透過打節拍的方式，也可以呈現音節的概念，例如 tiger 是兩個音節，就打兩拍；America 是四個音節，就打四拍。只要了解音節的概念，以後遇到新的單字時，不需要死記硬背，只要把聽到的單字先拆出聽到的音節，再把每個音節裡面聽到的單音拆解出來，拼字就幾乎完成八成

了。這個「拆聲音」的觀念對於很多背單字有困難的學生而言，非常重要也很有幫助，一定要熟練！

● 音韻

聲音的辨識還包括分辨出音韻。英文的韻分頭韻（onset）和尾韻（rime），像 stop 這個字當中的頭韻就是 st-，尾韻就是 -op。尾韻的概念比較簡單，中文也有，一般會包含母音及母音後的子音。我們可以藉由歌曲訓練孩子的耳朵判斷哪些字有同樣的頭韻，哪些有同樣的尾韻，例如：

Rain rain go away,

Come again another day,

Little Johnny wants to play,

Rain rain go away.

在這首歌中，聽到的都是 [e] 韻（ai, ay）。

歌曲裡有很多押韻，所以我常提醒老師們不要只把歌曲韻文當作唱唱跳跳的遊戲而已，它可以增強孩子的音韻能力，對於學習字母拼讀很有幫助，老師要有系統、有意識地引導孩子注意到關於音韻的部分。

● 先聽再說

根據科學研究，孩子在六到八個月的時候，語音敏感度是差不多的，到了出生十至十二個月，才會出現明顯的

差異。如果生長在中文環境裡，對中文特有的語音反應會特別敏感，例如中文有「魚」（ㄩˊ）的聲音，英文沒有，在中文環境中長大的孩子，對「魚」（ㄩˊ）這個聲音的敏銳度會比在英文環境中長大的孩子，相對來得高。

孩子在學習中文的過程中，是先掌握聲音，而不是先學會注音符號。

一個小朋友跟媽媽說：「媽媽，妳看池塘裡有隻烏龜。」孩子或許不知道「烏龜」這個詞怎麼寫，也不知道「龜」的注音符號是ㄍㄨㄟ，但他知道看到的東西就叫作「烏龜」，下次聽到烏龜這個聲音，就會知道指的是何種生物，也知道這種生物的名字怎麼唸，這就是很自然地先掌握了聲音和生物之間的關聯性。等到有一天他學了注音符號，就會知道原來一個字可以用符號拼出聲音。

英文也是一樣的情形，但是很多人在還沒聽夠或者聽熟聲音之前，就開始學拼字，這是很奇怪的現象。

所以，還是要回歸到學語言的基本面，先把一個字或句子的聲音聽熟了，直到可以脫口而出，接下來再來處理拼字的問題會比較簡單，因為它是很有規律的、合乎自然學習語言的原則。

其實發音要好，首先就是看「聽」有沒有到位，如果你的聽辨能力有問題，發音也會有問題，例如一個音到底是 [s]、[z] 還是 [ʃ]，你聽不出來有什麼差別的話，可能連唸都唸不出來，更別說是輕鬆拼出正確的字母了。

我們從一開始就要培養孩子一個基本觀念：平常我們唸出來的英語是由一些聲音組成，這些聲音代表著某些物品、物件的名稱，有些聲音是相同的，有些聲音是不一樣的；有些聲音很像，有些聲音差異很大。如果孩子沒有判別聲音的能力，跟他講什麼聽起來可能都一樣，而這一塊是需要訓練的。國外的教育從幼兒園開始，就開始訓練聲音聽辨這個區塊，建立孩子對於字母和聲音之間的認知，算是基本初階的字母拼讀。

　　到了國小一年級，開始建立比較進階的字母拼讀的能力，像是 ch, th, sh 的用法，然後再去認識長母音的字，一直持續到小學二、三年級都在建構這樣的能力，最終目的是希望培養不只是看到字能唸、聽到字能拼，而是建構小讀者們流暢的閱讀能力（reading fluency）。

✦ 寫的能力

在「聽說讀寫」中，寫作能力難度最高，也最令大多數的英文學習者感到挫折了！

當孩子在進入「寫」的階段時，不妨透過多元又有趣的活動，引導孩子慢慢愛上寫作，而不是只是為了考試做一堆的練習題。

我會運用各種方式來培養孩子的寫作力，包括：看圖寫作、大綱句引導式寫作、故事改寫、句子接龍、設計卡片、海報、校外教學、學習單、書摘等，培養孩子對於文字的敏感度，引發孩子的學習興趣。

舉例來說，教到關於家庭成員的單元時，我會請學生將家裡成員的大合照張貼在一張圖畫紙上，然後寫上相關訊息。

或許一開始學生只會寫出稱謂，father（父親），mother（母親），brother（兄弟），sister（姊妹）等，以及 "He is my father. His name is Michael." 的句子，隨著課程進行，當他們學到新的資訊時，我會逐漸要求學生加入不同的資訊。如果學到形容外表的形容詞，他們可能會寫 "He is tall and thin." 如果學到喜歡的飲食或嗜好，學生可能就會寫出 "He likes beef and noodles. His hobby is playing badminton." 這樣的句子。

整個過程只需幾個月，就可以讓學生逐步建構出段落寫作的基本能力，從一開始的單詞，到能發展出一個段落：

He is my father. His name is Michael. He is tall and thin. He likes beef and noodles. His hobby is playing badminton.

它不像傳統教學方式，是反覆練習枯燥乏味的文法句型，而是把學到的內容與學生的實際生活和個人經驗進行連結。

對於學生而言，學習英文不再只是停留在教室當中，也和他本身生活是有關係的。

除此之外，寫作不會只有寫而已，而是結合了畫圖與藝術創作、美術等元素，無形中增加了許多趣味性，學生的接受度也會比較高。

另外，教到關係代名詞的時候，我通常會把班級分成兩組，輪流進行故事創作接龍活動。

由我開始發想故事的開端，先說一個句子，然後兩組學生不斷在同一個句子上加入關係代名詞，讓句子變得更具體、豐富。

下一個學生接龍時，不但要把上一位學生的話重複說出來，而且還要加入新的訊息，這對於學生的記憶與練習的語法非常有幫助。

在必要時，老師可以協助學生加入適當的資訊，讓整個故事繼續發展下去。例如：

Teacher
There was a boy.

Student 1
There was a boy <u>whose name was Michael</u>.

Student 2
There was a boy whose name was Michael <u>who wanted to go to the beach one day</u>.

Student 3
There was a boy whose name was Michael who wanted to go to the beach <u>which is in the south of Taiwan</u> one day.

Teacher
There was a boy whose name was Michael who wanted to go to the beach which is in the south of Taiwan one day.
<u>On the beach, Michael met a girl</u>.

Student 4

There was a boy whose name was Michael who wanted to go to the beach which is in the south of Taiwan one day.
On the beach, Michael met a girl <u>whose name was Rita</u>.

Student 5

There was a boy whose name was Michael who wanted to go to the beach which is in the south of Taiwan one day.
On the beach which is in the south of Taiwan, Michael met a girl whose name was Rita <u>who was wearing a nice green dress</u>.

進行這個活動是讓學生充分發想，並融入自己的想法，非常有趣，而且創意源源不絕。最後再將大家共同創作的故事寫下來，並依個人喜好予以修改，這樣不僅達到聽說練習的目的，也可以激發學生思考創作的能力，同時練習寫作與閱讀的能力，可謂一舉數得。

學文法不該依賴公式，
而是要透過在真實的情境中，
大量聆聽並且實際使用，
才能形成使用英文的「思考習慣」。

文法怎麼學？

一般英文老師在講解文法時，總擺脫不了公式化的教學方式，在白板上寫了一堆數學課使用的加號、等號，讓學習文法變得枯燥。因此，很多人在學習英文的過程中都被「文法」這個緊箍咒給困住了，一聽到英文文法就頭痛。

大多數老師在教英文文法時，會先介紹基本公式。例如教到現在完成式，老師會給學生"have + pp（過去分詞）"的公式，要學生背誦公式，這種單純背誦的學習方式，並不適合小朋友的學習。

在教導小朋友英文文法時，要透過大量聽力的刺激與接觸來形成「習慣」。

舉個大多數小朋友都會的例子來說，英文歌的小星星〈Twinkle, Twinkle, Little Star〉裡面有段歌詞："Twinkle, twinkle, little star, <u>how I wonder what you are</u>." 其中劃底線處涉及了複雜的倒裝句，但是小朋友往往可以不假思索地唱出來，這是因為他們在學這首歌的時候，並不是透過拆解、分析文法的方式來學習。

以下哪句和「這些小孩真是吵得要命！」意思相同？

A. 這些孩子想要我的生命！

B. 這些孩子吵到我的生命！

C. 這些孩子實在很吵！

D. 這些孩子快要沒命了！

這是我們在英文考試當中很有可能會遇到的題型。如果是中文，我們可以不費吹灰之力就知道答案是 C，但是換成英文考題，卻可能讓孩子感到困擾。

　　重點就在於學習方式的差異，剛開始我們學習母語並不是把一個句子拆解、分析成片段知識的文法，而是在真實的情境當中，無形之中學會了運用整個句子。

　　回到學外語的核心概念：「**母語怎麼學，英語怎麼學就對了！**」中文的文法一般人其實也不太懂，只知道一句話唸起來有沒有問題，例如：一般人不會寫出這樣的句子：「我喜歡你很多。」因為光是唸就會令人感到奇怪。

　　如果有人問：「現在幾點鐘？」假設現在兩點，一般人會回答：「現在兩點。」但是為什麼我們不講：「現在二點」呢？這是習慣問題，而**文法使用正是一種習慣**。

　　舉個英文的例子，一般人可能會講："Let me see."（讓我看看）或是"Let's go!"（我們走吧），請問你會講這些句子是因為「背會」的還是「講會」的？當然是講會的，因為這句話很普遍，聽多了自然就會講了！但是，如果老師要我們死記硬背：「使役動詞"let"後面要接原形動詞」，這樣是不是很枯燥乏味，又很沒有效率呢？

　　其實，**文法說穿了是「字」的用法**，若要學習 let 這個字，可選一個最簡短的句子，例如以"Let's go!"來看，使役動詞之後接受詞（名詞或代名詞），要接原形動詞（go），學會這個句子，let 的用法也一目了然！

在學習英文文法時，不要死記硬背公式，比較好的方法是整個句子一起記，例如："I have been to Europe."（我去過歐洲了），這樣一開口，就把現在完成式的形式與 be 動詞的過去分詞記下來了。有一首英文歌中的歌詞是 "I've been missing you." 只要會唱這句，不就把「現在完成進行式」的形式給記下來了嗎？比起死記硬背公式來得簡單很多！

3

創意
學習法

創意學習的重要

　　《讓天賦自由》的作者、被喻為世界的教育部長的肯‧羅賓森（Ken Robinson）博士，十分提倡創造力教育，他認為創造力與我們的競爭力有很大的關係，當所有的人都做相同的事情的時候，是沒有什麼優勢可言的。

　　創造力是孩子未來發展很重要的關鍵能力之一，根據 George Land 與 Beth Jarman 針對一千六百人所進行的「擴散性思考力」（Divergent Thinking，被視為創造力潛能的指標與主要歷程，可用來預測創造性成果或表現）研究發現，三到五歲的孩子當中有 98% 其實是天才，這個比例隨著年齡的增加而下降；在八到十歲的孩子比例降為 32%，十三到十五歲的孩子剩下 10%，二十五歲以上的成人只剩下 2%，這個現象稱為「天才的衰退」。

　　這個研究結果提醒我們，隨著孩子進入正規教育體制的環境之後，那些原本深具創造力的孩子往往因為種種外在因素，漸漸失去了與生俱來的天分。

　　創造力在多年以前已被視為一門科學，國內的某些大學也成立了「創造力發展中心」，進行與創造力教育相關的研究。結果發現，創意學習確實能夠提升學習成效。

從長遠的角度來看，創意學習最終的目的是培養孩子解決問題的能力，當他們未來在生活或工作上遇到沒有人可以問、沒有過去的經驗可依循時，能夠藉由自身的多元化創意，找出解決問題的方法。

學習上有一個 Bloom's Taxonomy 理論，講述學習與思考的七個層級。

最基本的是知識（Knowledge），知道不代表理解，例如小朋友知道九乘以二等於十八，這是用九九乘法表死背記下來的，但他們不知道為什麼；等到有一天他明白了，就進入理解（Comprehension）的階段。當我們知道了這個知識，也理解知識背後的原理之後，就進入應用（Application）的階段。

一般學習者往往到了應用階段就停滯下來，例如我們從學校課本裡學到很多知識，現實生活中卻沒有好好運用一樣。

小時候我很佩服美國影集裡的馬蓋仙，他可以運用一些常識，在緊要關頭的時候幫助自己脫險。其實這些常識可能是課本裡面就有學過的，只是他經由統整之後，善加運用。

此外，我曾經看過電視上報導一個大學教授拿手機裡的鋰電池來生火的新聞，它在野外求生的時候很有用，原理是鋰本身是比較容易氧化的金屬，熔點比較低，這是國中理化的範圍，而這兩個例子也呈現了創意思考的應用。

從應用層面再往上一層稱為「**高階思考能力**」，包含**分析**（Analysis）、**整合**（Synthesis）與**評估**（Evaluation），最上層是**創造**（Creation）。

一般傳統教育比較缺乏培養孩子高階思考的能力，這是因為長期以來都是升學考試主導教學，而考試方式大多都是選擇題，選擇題通常只有一個標準答案，既然是「標準答案」，自然就沒有創意可言。

反觀國外，很多考試是沒有標準答案的，只要能夠提出合理的論述，學生的觀點都會被適度尊重與接受，也會有分數，這對於培養孩子的創意思考是有幫助的。

提升內在動機

創意學習改變了傳統的教學模式，讓學習不再枯燥乏味，而變成一件有趣的事情。饒富趣味性的課程內容或講課方式可以提升學習者的內在動機，進而增加學習者願意主動學習的頻率。

當學習者越主動學習，深入與廣泛接觸一門學問的機會就越多，相關知識與技能就越能熟能生巧，當然就越能展現學習成效。

只要我們多一點耐心，多給予學生足夠久的時間熟悉上課的內容，他們總能越來越熟稔，但我們身為大人的家長或一般教學工作者往往並沒有給予學生所需的時間，或

家，就是最好的英語教室

者多加關注並融入學生喜歡的學習方式，一般教學工作者也容易陷入繁忙的教學工作中，而停止思考如何透過創新有創意的方式來進行不同以往的教學。

說到創新與創意教學，就不能不對於我們人類與生俱來超級生化電腦——大腦，有進一步深入的了解，越是了解大腦的運作方式，越能夠理解學生某些行為或學習上遇到的難處，並用正確的方法引導學生學習。我會建議所有想要解開關於學生學習與行為盲點的大人，都應該好好認識一下我們的大腦。

符合大腦運作的機制

我們成年人的大腦有很明顯的分工區域，在專業分工的同時又進行著精密的統合協作。

左腦的作用包括：背誦、條列、邏輯、推理、語言等；右腦的功能包含：想像、創意、整合、空間知覺等等。

一般傳統教育所著重的科目（國、英、數、理）清一色幾乎都是跟左腦主導的功能有關，反倒是一般傳統教育比較不重視的科目（音樂、美術等）都跟右腦主導的功能有關，由此可知，傳統教育對於先天右腦佔有優勢的學生來講是相當不公平的。

日常生活中，一件事情的完成不可能只用到大腦單一執行區域。例如，我舉起一支筆，需要動用到很多部位：

家，就是最好的英語教室

首先，眼睛要看到筆，然後大腦傳遞指令給手把筆拿起來，當然，舊腦神經科學的角度而言，這樣的描述是過度簡化的，這中間結合了視覺、動覺的運用，不是單單一個左腦的指令就可以完成的。

將右腦的功能充分融入學習當中，讓學習不再只是偏重某一個部分，而是透過全腦協同運作，把大腦優勢充分地發揮出來，才能在更短的時間內產生更大的效能，學習也才會更有趣、更有效率，成效也會更好。

記憶的保存率維持得比較久

在這個資訊爆炸的時代，每天我們都會接觸很多資訊，資訊量來源前所未有的廣泛、資訊的速度也很快。如果不是透過有效、有系統的學習方式，很容易就忘記學到的知識，透過結合創意學習的方式，可以讓記憶保存率更高，記得更久。

有時候我們經歷了一個重大事件，會在大腦留下無可抹滅的回憶，甚至終生難忘，我們把這種在大腦產生的印象比喻成「記憶刻痕」，記憶刻痕越深，就越難忘記。

但是，如果只是把一堆資訊毫無系統地硬塞進大腦，就必須透過更多頻率的複習與死記硬背，才能記得住，這也就是為什麼在過去比較不重視高效能學習與創意學習的時代，學生需要大量反覆做機械式練習，才能記住訊息的

原因。因為，這是相當枯燥乏味又沒有效率的學習方式，所以一開始就要給大腦很深的印象，以後回想起來就相對容易多了。研究指出，單純反覆練習對於扎實有效的學習幫助不大。有效的學習需要的是有意義的學習以及有情境的學習，這樣的學習對於大腦的印象才會深刻！

　　如果今天在英文課堂教學的主題是跟天氣（weather）有關，我要教大家簡單的常見天氣型態，我可能會帶以下的物品進到教室：盛滿水的水桶、雨傘、水槍、棉花、太陽眼鏡、斗笠、吹風機等等，這些物件都是平常日常生活當中唾手可得的東西，但是帶進英語教室就不一樣了，會給學生非常新奇的感覺！

　　一般來講，學生都被教育在教室裡不能玩水，這些物件平常也跟教室內發生的事情沒有太多關聯。但是，透過水桶、水槍與雨傘，我可以創造一個有趣且令學生印象非常深刻的課堂，跟多雨的天氣（rainy）產生直接關係，棉花也可以創造天氣多雲（cloudy）的感覺（如果帶棉花糖進教室更好，只是要注意教室可能會很黏），太陽眼鏡與斗笠都可以創造陽光普照（sunny）的感覺，而吹風機就可以創造風大（windy）的感覺。透過這樣想像虛擬情境的營造，以及和實際生活經驗進行連結的原則，可以讓學生對學習的相關主題與內容的第一印象非常深刻，有助於學生對於該堂課學習資訊內容的回想（recall）與強化（reinforcement）。

如何創意學習？

　　好的創意從哪裡來呢？在好的想法成形之前，你必須先要有很多的想法，再從這些想法當中去搜尋最適合的，或者從中激盪出其他不一樣的想法。

　　所以，平常針對旁人提出的想法，我們應該先抱持著開放的心胸，先別否認所有的可能性與想法，以營造出對方願意提出想法的氛圍，有了大量多元的想法，激盪出創新想法的機會相對才會比較高。想要提升創造力，必須先瞭解以下三個概念。

專注是記憶之母

　　記憶力的前提是專注力，有良好的專注力，對於接觸到的訊息印象就會比較深刻，當然也比較有助於後續大腦回溯訊息的能力，也就是記憶能力。

　　好的記憶力前提是專注力，有良好的專注力，對於接觸到的訊息印象就會比較深刻。許多學習成果不錯的人，他們共通的特點就是專注力強。有了良好的專注力，對於

接觸到的訊息，印象比較深刻，也有助於後續大腦回溯訊息的能力，就是記憶能力。專注力訓練方面則可分為聽力的專注、視覺的專注和手眼協調。

我在課堂上訓練孩子聽力的專注力時，會請他們閉上眼睛，把焦點放在聽到的聲音上，避免其他感官刺激的干擾。例如：我如果進行英語聽力練習的活動，有可能就會關閉教室內的燈光，請學生闔上課本、閉上眼睛只要專注聽即可。

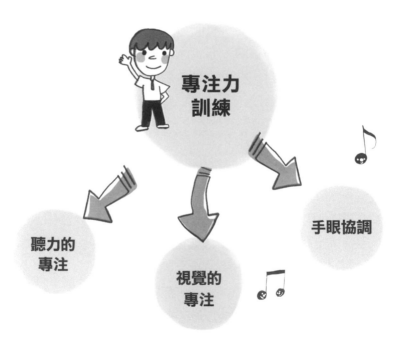

家，就是最好的英語教室

關於視覺專注方面，我會請他們在很短的時間裡，記下在眼前閃過的圖片、兩個字、三個字、甚至一句話。

這有點像在路上開車一樣，車速很快時，目光掃過路旁的大型看板，可能有幾個字沒看清楚，但你大概知道它在寫什麼，因為我們的大腦能夠透過截取部分的訊息，把缺少的訊息自動補足。例如當我們在高速公路上看到「西螺交○○」，我們的大腦會依照當時的環境去做直覺判斷，知道是「西螺交流道」。

所以，想要增加閱讀速度，就要訓練自己不要一個字、一個字看或者邊指邊讀，而是要一整串字、一整組句子一起讀。不過，指導小學階段的英文初學者的話，就要捺著性子，引導學生一個音節、一個音節地指字認讀，以便系統化地建立字音與字型間的關係，先將基礎扎穩了再訓練閱讀的速度。

此外，平常可以跟孩子玩疊疊樂的遊戲，像是疊圍棋、疊高爾夫球、用撲克牌堆疊房子（透過撲克牌邊與邊些微的接觸面積堆疊，而非面與面的堆疊）或是玩手指謠、球類運動等，來訓練他們手眼協調的專注力。

記憶是學習之母

記憶是學習的基本能力，如果你希望讀過的知識不是考完之後就還給老師，就要讓「記憶刻痕」越深越好。

坊間有不少探討記憶的書籍以及訓練記憶力的課程。的確，記憶力是可以被訓練的，而且不是年紀大了，記憶力就一定會退化，要看平常我們使用大腦的習慣，**大腦是循著「用進廢退」的原則在運作，越常使用的功能就會越進步，不用的就會越退化，就像訓練肌肉一樣。**

如果要確保記憶持久，必須不斷規律複習，讓記憶更深刻。

規律複習，是形成長期記憶絕對必要的條件。當重複的次數多了，就能夠把短期記憶變成長期記憶。平常我們可以採用「一的複習原則」來做練習：也就是學習某些內容之後，一分鐘之內立即在腦中複習該內容一次、一小時之內再複習一次、一天之內再複習一次、一個星期之內再複習一次、一個月內再複習一次、一季之內再複習一次、半年之內再複習一次、一年之內再複習一次。如此一來，對於進入大腦的新資訊就比較容易形成長期記憶，也就比較不容易忘記。

異領域的碰撞火花

一個同時具有多重領域專長的人，常常能夠藉由其他專長的知識，在本來固有的領域上衝撞出不同的想法。

在管理上有一個專有名詞叫作「梅迪奇效應」（Medici Effect）。

梅迪奇是文藝復興時期義大利的望族，他經常舉辦一些聚會，讓不同領域的人聚在一起討論各種議題，因而激盪出彼此不同的想法，也促成了文藝復興的蓬勃發展。

　　有時候在一個領域待久了，難免會受到慣性思考的束縛，正所謂「當局者迷」，這時一個不同專業背景領域的人，往往可以觀察出一些沒有察覺到的問題，甚至於想到之前的人從沒想過的觀點，進而提出突破性的想法，激盪出不一樣的創意火花。

　　在企業中也常採用這樣「腦力激盪」的方式，進行活動策劃的會議時，邀請不同部門的主管或員工參加，不論新進或資深員工，讓大家互相充分交流想法，碰撞出新的想法，為企業注入新思維。

　　大部分台灣的補習班，策劃活動往往只靠班主任一個人埋頭苦幹，但在長頸鹿美語，會讓不同的部門主管，輪流擔任每次的專案負責人。我在部門裡帶工作人員也是如此，我希望每個人能提出自己的想法和看法，當他們提出觀點的同時，其實就已經在訓練自己創意思考和處理問題的能力了。

創意學習的重要工具

　　在學習、考取證照和教學上，我經常運用三項工具，幫助我在短時間內處理大量的資訊及自我學習，甚至激發出更多有創意的想法。

　　記憶的原則不外乎以下幾項：**想像、聯想、圖像、誇張、動作、融入五感與故事**，而我當初在金融保險業三個月內考取了三張證照，就是把片段的知識透過想像、聯想、圖像、誇張、動作、融入五感與故事的方式進行資訊整合。

Z 記憶術

　　以前國中考歷史地理時，我覺得最難的是整合性的題目，例如以西方跟中國同一個時代的不同事件來做比較，在秦始皇時代，歐洲正在經歷什麼重要的歷史事件？

　　秦始皇時代是西元前 221 年，我到現在還記得這個數字，這也是透過記憶的原理來作聯想。以前我外公家電話號碼開頭是 221，所以當時這個數字對我來說就不是

家，就是最好的英語教室

221，是我外公家的電話號碼開頭三位數字，我透過聯想的方式，將它變成印象深刻的事。

全美最佳教師獎得主 Ron Clark 老師，曾經要學生把美國歷代總統背下來，包括哪一任總統在什麼年代？有哪些重要的貢獻或重大歷史事件？這是因為它在美國歷史中的發展是很重要的主軸。他一開始就要求學生掌握整體全貌架構，再去探討細節，這樣的方式稱為「全局式學習」。

就像很多有創意的老師一樣，Ron Clark 老師在要求學生背誦這些需要記憶的資訊時，大量運用符合記憶原則的技巧與活動，例如：透過唱歌的方式，把要記憶的資訊編成歌詞，在帶領學生邊唱邊跳的同時，學生不知不覺就把歌曲內容都記起來了！過程中融入肢體動作來協助記憶，這樣的技巧在兒童的英語教學中也經常被使用。

運用故事串連記憶

透過編故事的方式可以把要記憶的東西串連在一起，由於有前因後果、起承轉合，就會比較容易記得。

例如我在教小朋友十二個月份的英文名稱時，會講述和月份由來相關的希臘羅馬神話故事，例如：一月 January 其實是從門神 Janus 的名字而來，他有兩張臉，一張臉看前面，一張臉看後面；一月是一年的開始，所以往前看代表展望未來，往後看有回顧過去的意義。這個生動的比喻，讓孩子們在不知不覺中就把十二個月份的英文

都記下來了，故事可說是個強而有力的學習工具。

假設我問你，一張「又大又圓又老舊又黑的美國製木頭桌子」這句話如果要翻成英文，有關不同類別的形容詞（例如：大小、顏色、材質等），到底哪一個形容詞該擺前面、哪一個擺後面？

以下選項到底要選哪一個才是正確的呢？

A. an old, big, round, black wooden American table

B. a black, round, big, old American wooden table

C. a big, old, round, black American wooden table

D. an American wooden old, big, black, round table

在作答完畢之前，請先別往下看喔！

一般文法書裡都有寫到，當我們要形容一個名詞時，形容詞的順序是要按照「個人觀感、大小、年齡（老舊）、形狀、顏色、材質等」，但是應該沒有人告訴你怎麼記這個順序。

我的記法是，把上述每一類形容詞英文的第一個字拉出來，重新排列成一個新的字詞以便記憶順序：

個人觀感 opinion（op）、大小 size（s）、年齡 age（a）、形狀 shape（sha）、顏色 color（c）、來源／國籍 origin（o）、材質 material（ma），排列成一個縮寫字：OP-S-A-SHA-C-O-MA。

Op 讓我聯想到 Oops!（英文是「喔喔！慘了！」的

  家，就是最好的英語教室

意思）代表的是 opinion（主觀的看法），SASHA 是人名，SASHA 摔一跤之後就進入 COMA（昏迷）了，"Oops, Sasha is in coma!" 或者 "Oops, Sasha Coma!" 以這樣的順序就很好記。

Sasha 中的第一個 s = size 大小，第一個 a = age 年紀、新舊；第二個音節當中的 sha = shape 形狀，c = color 顏色，o = origin 來源／國籍，ma = material 物質（材質），所以這樣排列就對了！很簡單吧！

因此一張「又大又圓又老舊又黑的美國製木頭桌子」，你可以這樣形容："a big, old, round, black American wooden table." 答案很明顯就是 C 囉。

將抽象文字轉換成具體的事物

我在 2005 年參加了張耀宗老師的快速記憶專業師資認證班，課程總共八十四個小時，受益良多。

在接受記憶課程訓練時，我學到許多關於記憶的原則與技巧，其中有一項「虛轉實」的練習，就是把抽象的文字轉換成具體的東西，這是在訓練思考的速度、聯想的速度；速度越快，表示腦神經之間傳遞訊息的速度越快，所謂「舉一反三」、「觸類旁通」就是這樣的概念。

針對同一個字詞或訊息，如果一分鐘之內，我聯想到的有三十個，別人只想到十個，就表示我的思維比別人快，想法比較多。當時，我要求自己如果聽到一個詞語，

三秒內就要馬上聯想到一個具體的東西。因此，我會天馬行空地透過形、音、義三方面去聯想，例如說「勇氣」：「勇」字讓我想到游泳，「氣」字讓我想到空氣或是汽艇，我把它想成游「泳」池裡有「汽」艇或游「泳」圈漏「氣」，也就是把「勇氣」這個抽象名詞與具象的東西連結起來，幫助記憶。有些人可能認為這非常可笑，甚至嗤之以鼻，但是平時經過這樣訓練所養成的習慣，確實有助於加快思考與聯想的速度，提升記憶力，等到真正需要將所學的東西進行記憶的時候，就會發現背東西的效能會比從沒受過訓練要來得好很多。

從生活中訓練記憶能力

在日常生活中，無論什麼時候、什麼地點都可以訓練記憶力，例如去百貨公司時，在樓層簡介牌子前面站個幾分鐘，看看哪些品牌在哪個樓層，這是百貨公司的客服人員訓練項目之一，你也可以做這樣的自我訓練。

如果是我，會把 12345 樓的數字，轉換成圖像記憶。例如 4 的形狀像帆船，帆船旁邊可以掛很多東西，假設某間項鍊精品店在四樓，就可以聯想帆船上面吊有很多項鍊，甚至於項鍊都垂到海面上可以當成釣魚的工具，四樓有賣許多可以掛起來的東西，所以就可以記住項鍊精品在 4 樓。假設 Nike 在五樓，想到數字 5，我馬上想到屋子，因為數字 5 和「屋」諧音，屋子裡有一個籃球場，打籃

球時就想到 Nike，或者屋子裡放了很多 Nike 的籃球鞋。你可以先分成幾大類，例如精品類在四樓，運動類在五樓。當然你也可以用「形狀」來聯想，如果把阿拉伯數字 5 的形狀想成像個鉤子，那你也可以用「鉤子」這個圖像代表數字 5。但是，一旦決定某個數字的圖像，就不要重複用同一個圖像代表不同的數字；也就是說，一個數字就只配一個圖像。

另外，在進行兩個資訊聯想的過程中，千萬不要只有一個連結，萬一連結斷了就無法往下延伸。

例如：剛剛提到「項鍊掛在帆船上」，如果項鍊和帆船之間就只有這麼一個連結，未來在回想時就比較容易遺忘，因為項鍊哪裡都能掛，為什麼會掛在帆船上？我們需要針對欲記憶的資訊進行進一步的思考：掛在帆船上要做什麼用？如果多加了「項鍊都垂到海面上，可以當成釣魚的工具」這樣的連結，甚至於再加上「項鍊掛在帆船上一條條垂著，就像帆船上的纜線一般」，這樣就又多了一個資訊的連結，對於強化資訊的記憶就會更強而有力。

如果再加上看到項鍊掛在帆船上金光閃閃的樣子，以及海面波光粼粼的倒影，融入五感的印象，對於記憶的強化又更深刻了！另外，我也曾經利用類似的技巧在餐廳吃飯時訓練自己背菜單。

假設菜單上有二十道菜，我會要求自己記下這二十道菜的名字、順序和單價。這種訓練一開始進步很慢，時間

久了，就會發現自己的記憶力與反應會比一般人好。

✦ 心智繪圖（Mind Map）

　　英國學者東尼・博贊（Tony Buzan）在八〇年代所創的心智繪圖，是一個結合學習、思考和整合資訊的突破性工具。

　　東尼在大學時代遇到了一個很多人都曾經遇到的問題，就是進了大學之後，閱讀量明顯增加，而且必須整合很多資料。因此，他開始思考該怎麼做才能更有效率地增進自己的學習能力。但是，他問遍了身邊所有人，也查遍了圖書館裡的資訊，發現在生活周遭，小到耳機、隨身聽、電視機等物品幾乎都有使用說明書，然而，我們的大腦卻沒有使用說明書。

　　於是，他開始研究記憶學、腦神經科學、語言學、神經語言學等各類知識，並且觀察大自然的結構，從大樹、雪花結晶體、蜘蛛網、城市發展分佈圖、孔雀開屏、閃電打雷、颱風組織、銀河系結構到腦神經細胞元……等等，結果發現它們都有一些共通點：皆為網狀結構、由中心向外以放射狀發展，並且都有連結、延伸性、生命性、從中心向外延伸、由粗到細……他便以此共通性來發想，創造出「心智繪圖」。

　　心智繪圖可說是大腦的使用工具書，它把大腦思考的

  家，就是最好的英語教室

方式清楚地呈現，已被證實對於學習是有效果的。

　　我在英文教學上也大量使用心智繪圖，如果今天教小朋友關於水果的主題，我會先在中間畫一個水果籃，中間的主題圖盡可能畫成立體的，但是一定要彩色，主題字用大寫字 FRUIT，就連字母都盡可能是鮮豔的顏色或具備設計感的藝術字，讓主題在大腦留下深刻的印象。至於放在不同主幹上面的水果，除了工整地寫下水果名稱，順便也畫上相關水果的彩色圖案，水果的分類則依照個人的喜好進行分類：有人依照春夏秋冬、有人依照水果的顏色、有人按照水果生產的季節做分類，只要說得出道理、有自己的邏輯就可以。

　　此外，我也鼓勵孩子們將心智繪圖用在其他學科的學習上，如果能夠將自己的筆記整理成有豐富圖案、很多顏色的心智圖，自己也會比較有興趣將筆記拿出來複習。相較於一般傳統條列式的筆記方式，心智繪圖的筆記方式對於大腦的吸引力確實是比較高的，資訊一旦在大腦留下深刻的印象，學習效果自然就會比較好。

如何畫心智圖？

　　心智圖的繪製不難，但需要一定時間的訓練與練習。

　　步驟 1.

　　由一個中心主題開始，在紙張的正中間畫下或寫下中心主題的關鍵字，然後向外延伸，仿效樹枝

枝幹由粗到細的大自然結構，畫出最粗的支幹靠近中心，越細的離中心越遠；支幹的畫法可凹可凸，但需呈流暢狀，而非鋸齒狀或直線。

步驟 2.

不同的主幹分別使用不同的顏色，同一組主幹與相連的支幹則使用同一種顏色，並且依照個人的喜愛在主幹上做裝飾，就像畫出樹枝上的紋路一般，或者像裝飾聖誕樹一樣，在主幹上進行些簡單條紋或幾何圖形的修飾。

步驟 3.

將想要統整的資訊內容以關鍵字進行分類，或者依文章的順序寫在不同的主幹上，並以放射狀向外擴張。把相關的關鍵字寫在主幹或支幹上，一個主幹或支幹上只能有一個關鍵字。

一般來說關鍵字的選擇就是依照分類原則，例如：「空氣污染」中包含兩個關鍵字，一個是「空氣」，另一個是「污染」；而「污染」是分類的源頭（父層級），因為污染有分好幾種：空氣污染、噪音污染、環境污染、水污染、土壤污染等等，所以這個重點字「污染」應該寫在離中心最粗的樹幹上，向外延伸，畫出較細的支幹。這些較細的

支幹上的重點字，就是第一層「污染」其下的分類，如空氣、水、噪音、土壤等等污染，依此類推，到畫上最後一個重點字的最細支幹。以上例子中的空氣、水、噪音與土壤等屬於「污染」的「子層級」，這些「子層級」就以並排的方式連接到主幹「污染」這個詞上。

另外，繪製心智圖還有一些注意事項：

1. 紙張是空白的 A4 或 A3 大小，以方便統一規格收納保存。

2. 紙張必須橫向擺放，方便進行水平方向的延伸思考，這符合我們眼睛視界的水平範圍比垂直範圍更寬廣的原理。

3. 設定的主題需擺在中間。

也許一開始你的版面不是很美觀，但是不要灰心，很少人一開始就可以把版面配製得剛剛好，畫出來的心智圖常會一邊比較擠一邊比較空，或者整體呈現比較扁平狀而不是放射狀，或者某些區塊資訊量比較多、某些區塊資訊量比較少，造成版面配置不均衡；也有人畫得太小，以至於空白的地方特別多；還有些人所畫的支幹彼此之間產生交叉錯亂，如果真的因為資訊整合需要交叉某些連結，一定要在交叉處把後來補充的資訊支幹做個橋跨到原有舊有資訊的支幹上方。示意圖：

由於每個人的思考模式與觀感不同，所以畫的心智圖有可能自己才看得懂。如果把橫向擺放的紙張當成時鐘的鐘面的話，紙張的上方是十二點鐘，像我繪製心智圖的習慣，是從鐘面十二點半的方向順時針畫，主標用大寫字，旁邊盡可能畫上插圖。

圖一是我大約在 2009 年為研討會「顛覆英語教學」所畫的心智圖，比起只是看條列式的筆記，心智圖更是深深地吸引了小朋友的眼睛，對於引發小朋友的學習動機與提升學習成效很有效果！

另外三張心智圖都是在 2010 年畫的：圖二是研討會「籌備成果展」的重點內容摘要，圖三是研討會「聽一耳好英語」內容講綱，圖四是「高效能成功人士的七個好習慣」的重點講綱。

讓記憶系統化，學習就不會忘

記憶有一個很重要的原則：系統化。為什麼我們經常會忘東忘西呢？其中一個原因是記憶的分類雜亂無章。

請想像我們的大腦就像一個房間，大腦裡的資訊是我們不斷堆放在各個角落的書。

假設過了一年，房間裡新增了五百本書，那你該從哪裡找到想要的書？如果依照圖書館分類的方式，把每本書依照語文科、數學科、自然科學、社會科分門別類地歸類，要找某一本特定的書時，就可以很快找到。

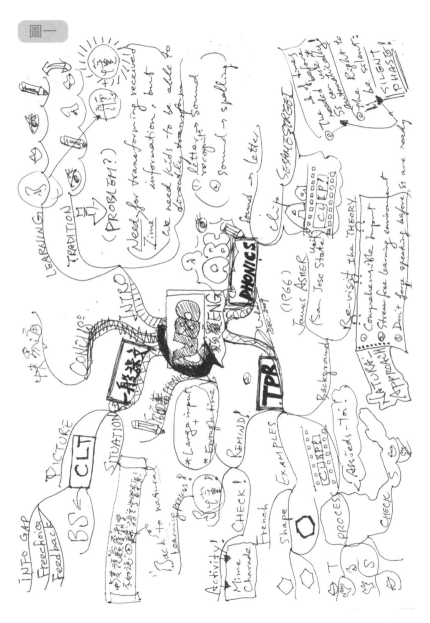

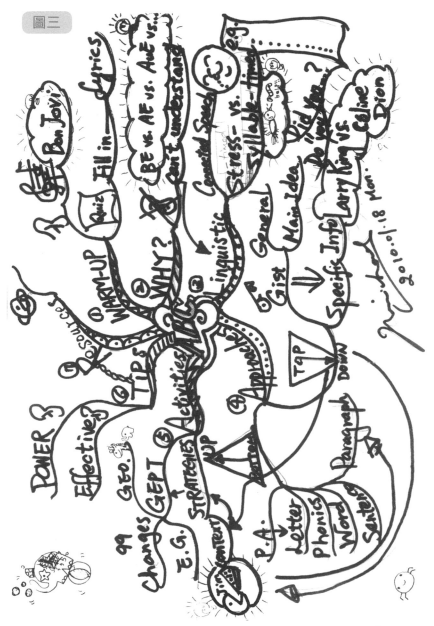

圖三

將心智圖運用在強調歸納分類的字根字首概念上，也非常好用。

　　目前，國中基測英文考試範圍只有 1200 個單字，全民英檢初級是 2263 個單字，到了高中畢業是 7000 個單字，等於三年之內增加了好幾千個字，如果使用心智繪圖就可以有效的整合這些單字，幫助記憶。

　　一般人記單字是一個一個字記，透過心智繪圖可以一次記十個，例如 tele- 這個字首跟「距離」有關，原來是從希臘文 "τηλε" 來的，從 "tele-" 這個字首就可以延伸許多相關的單字。

　　例如：phone 跟聲音有關，所以能聽到很遠的聲音就是 tele-phone（電話）；scope 有「儀器」的意思，可以觀察遠方的儀器就是 tele-scope（望遠鏡），與望遠鏡相關的字又可以直接聯想到「顯微鏡」micro-scope，因為 micro 就有微小的意思；另外，graph 是從希臘文 "γραφειν" 跟「寫」（writing）有關，從遠方寫來的訊息就是 tele-graph（電報）。還有，vision 跟看有關，能看到很遠的影像就是 tele-vision（電視機），甚至從 vision 還可以延伸法文 "C'est la vie!"（生活就是這樣），vie 是生命的意思，眼睛是靈魂之窗，和生命有關，如此一來便有了連結。

　　學這些字時，就可以教學生使用心智繪圖，在中間寫出 TELE- 的字並畫出一個代表「距離」的主圖，可以是

很長的布尺、地球到月球的示意圖、一個人指著遠處的樣子等等，然後每個主幹就可以寫出延伸的一個相關單字，並畫出其插圖。在每個主幹後面，我還可以根據後續學到的相關其他單字進行延伸補充，將不同的單字整合在一張心智圖上。

所以，我們在學一個新的單字時，不妨把相關的動詞、名詞、形容詞或是同義字、反義字的變化逐步彙整在一張心智圖上，到了要複習的時候就更加得心應手。

假如一張心智圖上某主幹的資訊量太多時，我們可以在原來的心智圖上簡單呈現該主幹的重點資訊即可，另外將該主幹需要補充的細部資訊再畫到另外一張心智圖上。我們稱另外畫出的細部心智圖為 "mini mind map"（迷你心智圖），原來整合較多整體資訊的那張心智圖叫作 "mega mind map"。

例如在進行一整本書籍的資訊內容彙整時，就可以畫一張針對目錄與書中大意繪製的 mega mind map，另外再分別針對每個章節畫出該章節的 mini mind map。

這樣的方式也非常適合運用在進行大量資訊統整的團隊合作性質的分組活動或專案活動。

心智圖對於資訊的整合確實有助於我們「見樹又見林」，可以避免因為偏重某些資訊而遺漏了其他資訊的情形，讓繪製者可以見到整體資訊的重點（這是右腦的功能之一），又可以顧及到重要的細部資訊（這是左腦的功能

之一），而且看得到文字（左腦），也看得到圖像（右腦），所以心智圖可以整合全腦的功能，將大腦功能發揮得更好。

利用心智繪圖提升閱讀能力

在閱讀上，也可以運用心智繪圖的技巧。

如果要把一本書的內容畫成心智圖，一定要在腦袋裡先把閱讀的內容進行組織、整合、內化，而不是看完之後馬上就拿起筆來畫。因為在整合的同時，你就已經在做思考的動作，這就是為什麼心智繪圖所呈現的結果會吸引你的注意，因為你在開始繪製之前，大腦已經在思考你要的是什麼、掌握的重點資訊有哪些，心智圖等於是把你大腦所想的東西攤在平面上，呈現出你怎麼聯想、怎麼分類，以及怎麼組織內容的思考能力。

心智繪圖是一種思考整合的工具，訓練一個人的思考力，包括如何分類、如何架構內容，每個人的思考邏輯不一樣，加上不同的分類也會造成差異，因此並沒有一定的對錯。

要將一篇閱讀的文章畫成心智繪圖之前，首先要先讀懂文章的大意，然後問自己：「這篇文章的重點有哪些？」我的習慣是遵循「三三三」的原則：找出一篇文章的三大重點，每個重點之下有三個小重點，每個小重點之下有三個重點……依此類推。

一般作者在寫文章時通常會遵循一些基本架構，像是因果的關係（cause-effect）、問題解答的關係（problem-solution）、空間的關係（spatial relationship）、時間的關係（chronological relationship）。

因果的關係

例如探討為什麼太陽很熱，為什麼有地球暖化等議題。

問題解答的關係

提出一個問題，然後提供相關解決問題的方法或建議等，例如在地球暖化的時代，怎麼做好節約能源。

空間的關係

例如由小到大地方、由內到外。

時間的關係

一個事件發生的順序，例如過去、現在、未來。

以下這篇文章是出自於長頸鹿美語 Big Sky 系列教材中的一篇文章：

Benny：I'm simply not smart enough.

Gwendolyn：That's not true, Benny. Why do you think that?

Benny：I made so many spelling mistakes on

this quiz, and I was confused by words with different meanings.

Gwendolyn：You can solve all your problems with a dictionary. See my backpack? I carry my dictionary wherever I go. It's small and light and made for students like us.

Benny：It still looks heavy to me. I prefer my electronic dictionary. I got one for my birthday.

Gwendolyn：Electronic dictionaries are fine, but they can never give you as much information as a real dictionary can.

Benny：Well, I don't know how to start. It seems difficult to me.

Gwendolyn：I can help you. Maybe we can use a dictionary together sometime.

　　當我教導學生這篇文章時，不會要求他們一字不漏背下整篇文章的內容，而是透過心智繪圖的邏輯，教他們怎麼背比較容易。

　　我會先告訴他們這篇文章的脈絡架構，協助他們去找尋答案，無形之中也就將課文的重點記了下來。

　　以這篇文章來講，我會直接跟小朋友討論是屬於哪一類型的文章，我認為它的架構是屬於「問題與解答的關

係」架構，然後與他們討論文章重點資訊，並引導出本文中真正的問題。

接下來，我們來找出文章裡真正的問題是什麼。

Benny 認為自己不夠聰明（he doesn't think he is smart enough）是因為考試考不好（he made spelling mistakes on the English quiz）；考不好，是因為他對於相似意義的字容易混淆、困惑（he was confused by words with different meanings），為什麼會這樣呢？追根究柢，是因為他不懂得好好運用「字典」（dictionary）這個學習工具（he doesn't know how to use a real dictionary）。

所以，文章裡真正的問題是 Benny 不懂得如何使用真實的字典，而 Gwendolyn 建議他學會運用字典來學習英文。

我在教學時，會讓學生提升閱讀的高度，不只做字面上的解釋，而是讓他們了解文章最主要的重點，並透過思考，以心智圖的概念統整出內容資訊。

找出關鍵字

閱讀文章時要問自己：key words（關鍵字）是什麼？後面的線索才會出來。

以本文來說，key words 包含了：not smart enough, not true, spelling mistakes, quiz, confused, word with different meanings, dictionary，這些都是畫心智圖時可以

放上去的關鍵字。

接下來，Benny 的朋友 Gwendolyn 跟他講，真正問題的解答在哪裡？在 dictionary 字典裡，關於 Gwendolyn 的字典，文章中有提到幾個附加訊息：it's small and light.（小又輕薄），那這樣的字典是給誰用的呢？ It's for elementary school students, like Gwendolyn and Benny.（這樣的字典對於像 Gwendolyn 和 Benny 這樣的小學生而言剛剛好。）但是對 Benny 來說，他並不這樣認為，He likes his electronic dictionary better than a real dictionary.（他喜歡電子辭典勝過真正的字典）。

因此，在心智圖上面，我可能就會畫個電子辭典（electronic dictionary），然後在旁邊畫個愛心的圖案，接著畫個真正的字典，並在旁邊加上哭臉的符號。

學習的過程就像練習開車

有些人覺得心智繪圖發想的過程太麻煩，只要條列式地在筆記本上寫下重點就好，何必多此一舉呢？

我當初第一張心智圖所畫的主題是九大行星，畫了八個小時，但我沒有因為花費的時間長就放棄，所以現在很快就能完成一張圖。

這樣的訓練不但讓我的思考能力大有進步，藉由跟學生分享心智圖的過程，我的大腦也在進行整合的工作，等於又再複習了一次學習內容。

訓練記憶的過程就像學習開車一樣。

剛開始時，車速或許很慢，當大腦在執行尚未熟悉的工作時，它會需要花費比較大的力氣，非常有意識地去熟悉操作這項工作所需的細節，並在大腦神經網絡中建立相關的神經迴路。

但是，當你一直不斷練習，對於很多操作步驟都熟悉之後，此時，就換成你的潛意識開始接手原來需要大腦非常有意識去進行的工作了。

這時候，你會感覺到工作變得很輕鬆，甚至有些動作根本就在無意識的情況下就完成了！你在打檔、加速或踩煞車時，往往會沒有意識到自己正在進行這些動作，越開越順。

我們的大腦，它的潛能與可塑性遠遠超乎我們的想像，而良好的記憶力與學習能力絕對是可以被訓練的，只要常常練習就會越來越純熟。

六頂思考帽

六頂思考帽（Six Thinking Hats）是世界知名思考大師 Edward De Bono 於 1985 年提出的思考工具，它是協助我在學習與創意思考過程當中相當有用的工具，對於寫作、即席演講、解決問題、企劃發想等都有很大的幫助。

這六頂帽子所代表的意義，簡述如下：

紅色思考帽

以你的直覺、主觀的感受去想事情。

黃色思考帽

看到黃色就想到太陽，太陽代表正向思考，不管
面對的是多麼負面的缺點，請想想它的正面之處
與優點。

綠色思考帽

看到綠色就想到植物，綠色植物給人欣欣向榮、
不斷滋長的感覺，這意味著在思考一件事情時，
要多想想還有沒有其他可能的替代方案、以及更
多可能性。

藍色思考帽

想像你從藍天白雲上俯瞰地面上的事物。通常戴
藍色思考帽比較像是會議的主持人，立場要中立，
綜觀全局。為了讓會議順利進行，你必須跳脫事
件本身與個人觀感，以更高的格局範疇以及角度
來看待事情。

黑色思考帽

黑色讓人有負面的感覺，也就是說，即使你再怎麼支持、認可某件事情或想法，都要換個角度想想，有沒有可能的潛在風險，以及必須顧慮到的負面影響等層面。

白色思考帽

看到白色很自然地就想到白皮書，白皮書裡講的都是事實、證據、數據等客觀的東西，因此一旦戴上白色思考帽，就要拋開個人喜好，講求實證。

當你戴上了六頂思考帽的其中一頂，就要朝那個方向思考，它沒有標準答案，只有比較客觀的論證，來協助你做全方位的思考。

戴上六頂思考帽，思緒更縝密

在日常生活裡，無論你的角色是爸媽或孩子、老師或學生、老闆或員工、主管或下屬的角色，戴上不同的思考帽時，你會發現，想法開始變得豐富而多元，點子也就源源不斷。例如，對學生來講，寫作文就會有很大的幫助，尤其是論述性的文章更是如此。

在職場上，為什麼有些人的提案常常不被老闆認同？有可能是因為他們的思考過於單純，沒有經過全盤考量、

全面思考，也沒有站在老闆的立場看事情。

　　有些老師和家長在處理孩子的行為偏差或學習問題的時候，太快就戴上了紅色思考帽；這時，應該戴上綠色或黃色思考帽來思考：針對孩子的問題，還有沒有其他可能的解決辦法？孩子在別的地方表現如何？並且協助他解決問題。

　　以我自己的例子來說，我在工作上常常「自我否定」，不是認為自己不夠好，而是想到潛在的問題有哪些，然後刺激自己想出更好的解決之道。另外，我也常常回過頭思考：「當初我為什麼要提這個案子或做這個決定？」經由戴上不同思考帽的方式，訓練自己更縝密的思考力，做出正確的決策。

　　以下是我戴上六頂思考帽，針對「網路學習」這個議題，所進行的思考，提供給大家參考。

戴上紅色思考帽

網路學習不錯啊！方便、即時、素材多元化又有趣，而且可以跳脫時空的限制，只要有網路就可以隨時隨地學習，我個人是贊成網路學習的。

戴上黃色思考帽

網路學習的優點很多，連兩歲小孩都可以上手，又容易吸引學生，有助於刺激學習動機。

戴上綠色思考帽

除了網路學習之外，還有沒有其他的可能性？有沒有機會能讓網路學習成為學生學習的基本配備？所有的教材內容從網路上就可以解決掉，學生不需要背著沉重的書包上學，甚至於像電影＜「阿凡達」或「駭客任務」裡的人物一樣，每個人身上都有一條與大腦相連接的裝置，可以直接連上網際網路，連主機都可以省掉了。

戴上藍色思考帽

從學校或政府單位來看，相關的硬體改善與經費、規劃時程、課程元件的設計、師資培育工作、後續學習成效的追蹤與檢討等，也應該納入整體規劃當中。

戴上黑色思考帽

網路學習有其存在的風險，例如：孩子沉迷網路、長期上網對視力的傷害、對於人格發展的負面影響等，都需要透過自制力來克服，他們也需要師長和父母的協助與介入。另外，長期接觸網路，有可能影響閱讀習慣，應該要謹慎看待網路學習的問題，與孩子之間制定清楚明確的使用規範，並堅定執行。

戴上白色思考帽

可以搜尋一下關於網路學習的利弊與學習成效的
相關研究，蒐集更多具體的研究數據與實證，來
支持或推翻上述論點。

　　上述的六頂思考帽不見得每次都要一次全部戴完，但
在可能的範圍內，至少要針對每個議題，嘗試戴上不同顏
色的思考帽，你所提出來的建議或產生的想法才會比較客
觀與全面。

4

英語是開始，
教育是永遠

品格教育是培養孩子未來關鍵能力的基礎

　　每次在演講的時候，我問父母們對於孩子有什麼期望時，大部分的父母都說希望自己的孩子幸福快樂。但是，所謂的「幸福快樂」不只是生活無虞而已，還包括活得有自信、能夠實現人生和自我的價值、成為一個有用的人、對社會或世界有所貢獻等等。

　　近年來，台灣的教改聲浪不斷，但很多家長對於教改的內容和方向不是很清楚，也沒有深入關注國內外教育的趨勢與發展，仍然用過往的經驗來看待孩子的教育問題。

　　我常在演講時苦口婆心地告訴這些家長，這個世界的變化很快，現在的父母已不能再用自己以前所受的教育方式去教導下一代，有些觀念也需要做調整。

　　在以前升學率低的時代，能夠考上大學就代表工作有了基本保障，現在滿街都是大學生，因此，我常說：「文憑只是通往職場的一張簽證而已，可以讓你短期停留，卻無法讓你永久居住。」所以父母應該要培養孩子的不是考試能力，而是面對這個變化莫測的世界，二十年後仍然具備的競爭力！

一個人的生活態度和價值觀會跟著他一輩子，無論以後的世界怎麼變化，我相信，品格的標準並不會隨之改變，或者失去它的價值，品格教育也是每個世代都適用的。考試成績只是孩子求學過程中的一部分，**良好的人格特質才是影響孩子未來是否能夠成功的關鍵；孩子的學習成效顯著與否，在於良好的學習力，好的品格力能夠成就好的學習力。**

　　舉世聞名的雷夫・艾思奎斯（Rafe Esquith）老師在他的著作《第五十六號教室的奇蹟》裡提到了品格教育的重要性，也造成了很大的迴響。

　　2010 年他來台灣參加品格教育論壇分享教學經驗時表示，當將近三十幾年前他還是位年輕的教師時，曾經跟大多數老師的想法一樣，認為「只要把學生的成績顧好，家長、學校不會來煩就好」，他說：「但我越想越不對，如果教育的本質、目的，只是提高孩子的考試成績，那就太簡單了！」後來他深深體悟到最終影響孩子未來的，不單是考試成績這件事，而是品格教育。

　　從 2003 年開始，我在自己的班級裡融入品格教育的教學方式，最近這幾年也陸續在全省各地與對岸演講和教育相關的議題，包括「教出品格力」、「你的家裡也可以是奇蹟發生的地方」、「讓天賦自由，發現孩子的天命」等，目的就在宣揚「品格教育」。2011 年我曾受邀與長

頸鹿美語魏忠香董事長至新加坡南洋小學參訪，並進行品格教育交流分享；2012 年，也有幸與深圳市教育局副局長唐海海先生及其率領的教研團隊，在深圳市進行兩岸教育教學模式研討分享。這些年來，我在海峽兩岸主講的「品格教育」演講平均一週一場，參與演講的人數也已累積超過一萬人，每次我站上講台時，只要一想到能為中華民族的教育奉獻一點心力，就覺得這項工作非常有價值！

 家‧就是最好的英語教室

何謂品格教育？

　　品格教育分為兩類，不只是一般人熟知的「道德品格」（Moral Character），還包含了「成就品格」（Performance Character）。「道德品格」係指與他人相處過程中保持良好互動關係所需的德行，例如：誠實、正直、友善、謙虛、禮貌等等。缺少了道德品格，一個人有再大的成就都不能算是個成功的人，缺乏道德品格的人甚至會為社會帶來一些問題。

　　「成就品格」指的是在任何領域中追求卓越的特質，包括：挫折忍受力、目標設定、時間管理、冒險進取、創新、好奇心、自我突破等等。缺少了成就品格，一個人的天賦無法發揮到極致，如果一個社會或企業中的人，大多都缺乏成就品格的話，長遠下來也會影響到整個社會或企業發展的競爭力。

　　成功學大師柯維博士（Dr. Steven Covey）曾經寫過一本書《與成功有約》，談到高效能人士的七個習慣，包括：主動積極、以終為始、要事第一、雙贏思維、知彼解己、統合綜效與不斷更新。

有一次他在演講時，現場有一位小學校長桑莫絲（Muriel Summers）問他，這七個習慣能不能夠應用在小學生甚至於幼兒身上？

他回答：「我看不出來為什麼不能？」結果證明，桑莫絲女士任教的 A. B. Combs 小學在實行了「七個習慣」教育法後，學生通過期末測驗的比率，從 84% 提升到 97%，堪稱品格教育成功的案例。

柯維博士後來便將這把這七個習慣彙集成《七個習慣
教出優秀的孩子》一書，並舉了很多成功施行這些好習慣
的案例。

　　柯維博士在書中提到要教導孩子自己負責任、培養個
人成功的能力，然後慢慢建立團隊合作的能力，不斷追求
卓越，這就是品格教育裡的「成就品格」。

培養孩子十大品格關鍵能力

　　在長頸鹿美語的教育模型當中，我們一直傾全力培養孩子未來領袖的特質，這些特質如果可以從孩子小時候就加以落實在生活中的所有細節，相信孩子們在未來的發展上，都能擁有自己的一片天。

　　在長頸鹿美語的課堂上，教師都會在教學活動中運用分組活動、角色扮演、任務導向、領導角色設定、故事引導、情境推演與團隊合作等課程，讓孩子在潛移默化之中，學習影響未來成功關鍵的好習慣和能力。

　　我們的目的並不是要教導每位孩子都成為傑出的企業家、執行長，但是我們確信，當孩子具備這些領袖特質與關鍵能力，在面對變化莫測的未來時，不管他未來從事什麼職業，都能在人生的道路上泰若自如地面對所有的挑戰，將自己的天賦發揮到最高點，進而擁有成功的人生！

　　根據史蒂芬柯維博士的七個習慣，長頸鹿美語總部也延伸提出了十大品格關鍵能力，分別為：

主動負責

　　我懂得主動負責、積極進取；我決定自己的行為、態

度與情緒，不隨便找藉口將自己的錯誤歸咎於他人；我會選擇對的事來做，不必別人開口要求，即使在沒人看到的時候也是如此。

目標設定

我在事前會先做計畫、設定目標；我會盡力做到能夠為自己與他人帶來改變且有意義的事；我自許自己是團隊中的重要成員、對團隊的目標、使命及願景有所貢獻，同時期許自己從小就培養好的公民素養。

時間管理

我會把時間花在最重要的事情上，每天放學要先完成作業才能玩耍；我會對明知不應該做的事情說「不」；我會設定事情完成的優先順序，並訂定時間表，同時貫徹執行計畫；我是個有紀律、有組織的人。

多贏思維

我有勇氣爭取自己所想要的事物，但我也會顧慮他人的想法與需求，在兩者之間尋求最佳平衡；我會努力在自己和他人的情感帳戶中存款，當別人和我的想法有任何衝突時，我會盡力尋找多贏的解決方法，並運用最好的溝通技巧，讓自己的想法被了解。

第四個關鍵能力非常重要。像我目前的工作是在長頸

鹿美語總部擔任教學研發部的主管,經常得對應公司內其他部門、分公司主管,甚至其他分校的主任或老師,在思考事情的同時也必須要考慮到品牌、總部、分公司、分校主任、老師、學生還有家長們的感受以及相關人員的立場,因此全盤思考與溝通技巧十分重要,這樣才能發揮整體團隊的戰力。

同理傾聽

我懂得運用同理心的技巧去聆聽他人的意見,並盡力體會他人的感受;我願意站在別人的角度思考事情;我仔細聆聽別人說話、不隨意打斷,並在確認對方真正的意思之前,不隨意評斷;我可以很有自信、有條理地提出自己的意見,與人交談時,我也會專注看著對方的眼神。

很多人會誤解,以為談話時只要專心聽對方講話就好,往往忽略了同理心才是最重要的。**最高層次的傾聽,是「同理傾聽」,也就是站在對方的角度思考。**

「同理傾聽」有幾個基本的技巧,就是在對方說話的時候,不打斷、不評斷、不分析,設身處地為對方著想,確認對方的說法和自己所接受的訊息是相同的。

最基本的步驟,就是以「換句話說」的方式來回應。例如:朋友氣憤地跟你抱怨今天被老闆罵了,好倒楣!你可以回答:「喔!你的意思是,因為老闆罵你,所以你感到很生氣嗎?」

同樣的，當朋友因為某家餐廳服務不好而抱怨連連的時候，你也可以用他剛講過的話回應：「你的意思是，這家餐廳的服務不好，讓你感到不舒服嗎？」這樣可以讓對方覺得，你真的有聽進他說的話，而且，你跟他是站在同一陣線，如此才有可能繼續這段對話。

　　一直到他願意把心裡的癥結點講出來，問題才會真正被解決，不到完全理解對方心中真正想法之前，不輕易提出自己的建議。

團隊合作

　　我尊重別人的優點，並努力學習他人的長處；我樂於和團隊相處，即使團隊中有某些人和我有著極大的差異，不論是種族、宗教、文化、信仰或語言……等；我喜愛團隊合作，解決問題時，我會先尋求團隊中不同成員的意見，因為我知道透過團隊共同協力合作所得到的成果，絕對會優於單打獨鬥。講到團隊合作，最近迅速竄紅的林書豪就是很鮮明的例子，在賽事中他不只是自己投籃拿下好成績，也努力扮演助攻的角色。一個真正優秀的領導人在帶領團隊時，要朝著「帶領出比自己更優秀的人」為目標，優秀的領導者是可以協助別人成功的人。所以，孩子如果能夠了解這一點，就能夠學會成功優秀領導人的思維模式和習慣，這一點在任何領域都適用。

均衡生活

我藉著均衡且正確的飲食習慣、適當的運動、充足的優質睡眠、穩定平和的情緒、持續廣泛的閱讀來照顧自己的身心靈，並懂得分配時間，與重要的家人及朋友相處。

一個人的生命裡不是只有工作，還有生活、家人、朋友，千萬別顧此失彼，將來才不會有所遺憾。

多元學習

我善用不同的學習場合，也透過不同的學習工具在不同的時間學習，並樂於與他人分享我所學到的知識，進而尋找有意義的方式來幫助更多的人。學校畢業後，真正的挑戰才開始，我們的孩子需要培養「終生學習」能力。不一定是在學校、教室才算學習，藉由函授課程、線上課程或是實體課程進修，甚至接觸不同的人，都是學習管道，無論學習的方式、媒介都是非常多元的。2012 年六月，美國威爾斯利高中（Wellesley High）的英文老師大衛・麥卡洛（David McCullough Jr.）發表了一篇題為「你並不特別」（You are not special）的畢業典禮致詞，該演講影片在網路上獲得了熱烈迴響。演講中，麥卡洛不斷提醒畢業生，即便已經完成人生一個階段的旅程，或者擁有某些成就，但是「你並不特別」。我們應該時時抱持謙卑的心，不斷學習，培養並展現道德理性與良好的品格。

傾聽自我

我傾聽自己內在真實的聲音，找到自身的熱情，明瞭自己優缺點，截長補短，發現人生真正的使命與價值。

發揮天賦

我傾全力找尋並發揮自己獨特的天賦，在生命中具體實現最高的價值，並協助他人發揮其天賦與生命價值。

當一個孩子培養了這些關鍵能力與好習慣，能找到與生俱來的天賦、認清自己的使命，將這些天賦發揮到極致，並服務最多的人時，他不但會有成就感，也會感到真正的快樂。

我在各地演講時，很多父母會向我抱怨，孩子不聽話、叫不動……等等，其實只要父母願意拿出耐心，孩子都是可以溝通的。不要覺得自己的孩子做不到、做不好，一切都要看你怎麼引導他；也不要老是拿自己的孩子跟別人做比較，或者拿自己孩子的缺點去和其他孩子的優點做比較，身為大人的我們要協助孩子去發掘他自己的潛能。

藉由一場場的品格教育，我努力將品格教育與這十個關鍵能力的觀念散播出去。每次講座結束，家長或老師的回饋反應也讓我感到十分欣慰，從他們身上我發現：觀念不是無法改變，而是要我們靜下心來思考，只要我們願意聆聽，改變的力量就有可能產生。

讚美，造就孩子的品格力

　　我每次演講約莫一個半小時，這對孩子來說算是很長的時間，因此我常會在演講結束時找一位孩子上台，然後當著所有在場的人面前對他說：「你今天非常專注地聽我的演講，非常尊重在場的所有人以及講師，都沒有吵鬧也沒有隨便起來走動，你的表現真的很棒！我以你為榮！來！抱一個，我愛你～」此時，我能感受到孩子眼神流露出來的驕傲，因為他的眼神透露出「自己很棒」的自信，這個讚美就是讚美他的品格力，這個案例當中讚美的品格力有：專注與尊重。

　　我建議家長與老師們都要「多讚美孩子」。讚美其實不難，但是要花時間去做，有些家長讚美孩子的方式很敷衍，例如當你聽到一位媽媽說：「喔！好棒！媽媽在忙……」是不是覺得很沒有誠意呢？

　　此外，在讚美孩子的時候，請不要加上「但是……」、「可是……」、「如果你能怎麼樣就更好了」之類的負面字眼。

　　讚美有三部曲，從讚美品格開始、具體舉例、然後說出自己的感受。倘若今天孩子主動做完作業，這個行為符

合了主動積極、負責任的品格，也做到了自我管理，而你今天想要強調的是他的自我管理，就跟他說：「你今天主動積極地完成自己的作業，充分做到自我管理，真的做得很棒喔！我實在以你為榮！你真的長大了！來，爸爸抱一個，我愛你！」前後只要十秒鐘，就能夠對孩子產生很大的激勵作用。相信我，今天馬上開始做，每天持續做，每天找出孩子的優點予以正確地讚美，親子關係很快就會改善，孩子也會因為受到肯定與讚美而變得不一樣！

顛覆傳統教育觀念的幾個想法

　　少子化的時代來臨，每個孩子都是父母呵護在手心上的寶貝，父母望子成龍的期待心理也越來越高。

　　許多孩子身處在充滿關心和期待的環境之下，往往會出現一些情緒或行為方面的問題，這些問題有時候是孩子學習問題的根源，是身為父母不容易在第一時間就察覺的，需要特別關注。

　　以下是我在教育現場觀察到的一些現象，你的孩子也是這樣嗎？為了孩子的未來著想，身為家長或老師的你一定要留意，並且重視處理發生在孩子身上的每一個問題，別讓錯誤的觀念或一時的疏忽而誤導孩子的一生。

消極的服從

　　小學三年級的 Cherry 是個聰明活潑的小女生，英文程度不錯，平常英文考試成績都在九十分以上。

　　有一次，她的英文只考了六十分，她的媽媽很擔心的問我該怎麼辦？

　　我請她先別緊張，先看看問題出在哪裡。結果我看到

家，就是最好的英語教室

她帶來的考卷後，立刻就知道是怎麼回事了！很明顯的是Cherry根本沒有背單字，很多題目都是單字寫錯被扣分。

我請 Cherry 自己說出問題在哪裡。Cherry 不好意思的低下頭，承認自己確實沒有背單字。

我和她的媽媽溝通之後，媽媽告訴 Cherry，回家之後不會因為考試考不好這件事情去責罵她，而 Cherry 也答應以後要每天背單字。果然，之後 Cherry 的表現也越來越穩定。

很多家長都和 Cherry 的媽媽一樣，會在孩子考試考不好的時候施行打罵教育，但並沒有思考到，孩子在打罵的過程中學到了什麼？其實孩子被打罵的時候通常都會感到恐懼、害怕、退縮，因而出現逃避與推卸責任的行為。

如果孩子只是因為怕被處罰，才乖乖寫作業，這是消極的服從。我在教導學生時常常會告訴他們，如果犯錯，講出來沒有關係，我不會懲罰他們，但是，請他們告訴我問題出在哪裡，接下來引導他們自己提出解決方案，這樣做有助於讓孩子培養勇於承擔責任、信守承諾的好品行。

考試唸書是為了獲得獎賞

我常聽到一些家長會這樣哄小孩：「你把功課寫完就買糖果給你吃！」、「考試第一名就買玩具給你！」這其實會養成孩子唸書考試是為了獲得獎賞的對價心理。

做學生是孩子的本分，把功課寫完、把考試準備好也是他分內應該做的事情，並不需要給孩子獎賞。試問，媽媽煮飯給你吃，你是不是也要給她獎賞呢？

　　父母們正確的做法，應該是多多給予孩子鼓勵與讚美，這會激發他內心想要把事情做得更好的動力。

　　在十二年國教即將啟動的今日，我們更應該引導孩子理解並看清唸書與受教育真正的目的，不在於只是為了應付考試，而在於真正準備好迎接自己未來的人生。

活在別人的期待之中

　　美國一位名叫博朗尼‧魏爾（Bronnie Ware）的護士，她在臨終關懷病房工作，專門照顧那些臨終病人，所以有機會聽到很多人在生命走到盡頭時說出他們一生裡最感到後悔的事情。這些病人最後悔的五件事情中，「希望當初我有勇氣過自己真正想要的生活，而不是別人希望我過的生活」高居第一！

　　事實上，我們大多數人從小就習慣活在別人的期待當中，不願讓父母失望、不希望遭到朋友排擠、不想看到別人向我們投射異樣的眼光，我們做的許多事情，並不是為了實現自己的夢想，而是符合他人的期待。

　　在演講的場合，我常常問聽眾一個問題：「你們今天有沒有刷牙？」

家，就是最好的英語教室

大家異口同聲地說：「有！」

然後，我又問：「那你刷牙的目的是因為今天要來聽 Michael 老師的演講嗎？」

現場立刻哄然大笑。

大家都知道，刷牙是為了牙齒保健，但這就像問孩子為什麼要讀書一樣，唸書的目的絕不是為了考試得高分，即使你讀到哈佛商學院，也不見得要當華爾街的經理人，因為，也許你會是下一個縱橫球場的林書豪。

教育最重要的宗旨，是幫助孩子不斷探索與學習，協助他們去思考未來的人生道路該怎麼走，並培養他們走向這條路的關鍵能力。

墨守成規

大多數的孩子都知道在教室裡要遵守規則，但問他們為什麼要遵守？他們的回答是，因為教室裡有張貼、老師有說、爸媽有講，理所當然應該遵守。

事實上，我們在制定規範時，一定要讓孩子先瞭解背後的涵義，培養他們擁有思辨的能力。因為，不見得所有制定的規則都是對的，或永遠是對的，如果大家都墨守成規，這世界上就不會有比爾蓋茲、賈柏斯出現了。

很多發明家、創業家都是打破規則和世俗規範的人，他們會去努力思考：一件事情為什麼會這樣？一定要這樣

做嗎？他們也會試圖去改變現狀，創造出新的局面。

　　這些成功者往往不會只安於遵守別人訂下的規則，他們勇於顛覆傳統，不害怕別人投來異樣的眼光，堅持走自己的道路。但是，墨守成規的人因為怕犯錯、怕失敗，通常比較不敢冒險、無法勇於追求自己的夢想，最終落得平庸的生活。

　　一般教育工作者也是如此，許多教師往往不敢挑戰大多數家長認為「唸書是為了升學考試」的傳統價值觀，因為這有可能會讓他們失去飯碗！

　　但是，面對十二年國教和一連串的教育改革，大家不妨捫心自問：唸書的目的，真的只是為了考試嗎？我常告訴我的學生家長們，如果你的孩子不知道為什麼要考試，那麼，考試成績不重要！如果孩子努力唸書只是為了考試，成績好壞也不重要，因為他們並不知道考試真正的用意。

　　每個孩子都是懵懵懂懂的長大，大人們總是告訴他們讀書是為了考上好的學校，並沒有進一步引導他們去思考自己的人生。他們不知道未來要做什麼，甚至到了大學畢業還是不知道自己想要從事什麼工作的人比比皆是，這樣是很難有所成就的。

　　成功的人不但知道自己想要什麼，而且他們很早就確定人生的方向。

爲孩子做決定

2010 年暑假，我在上海的講座中遇到之前教過的學生 Ian，他的媽媽問我：「Michael 老師，Ian 這次期末考英文只考了八十分，是全班最低分！我之前也會唸他，但好像沒有什麼效果。唉！我該怎麼辦才好呢？」

我先示意媽媽別當著孩子的面說些喪氣的話，然後蹲下來問 Ian。

「聽媽媽說，這次英文考得不太理想，只有八十分？」

他靦腆地點了點頭。

我笑笑地說：「其實，你如果可以一直都考八十分到大學，那也很厲害喔！但是，Michael 要很認真的問你一個問題，你要摸著良心跟 Michael 說喔！」

「好！」他很爽快的答應了。

「Michael 問你，你有沒有真的非常非常盡力了呢？」我刻意強調說話的語氣。

他害羞的低著頭說：「嘿嘿，一點點啦。」

我摸摸 Ian 的頭說：「沒關係，你既然自己知道沒有盡全力，那你自己說，下次英文考試，你的目標是幾分？」

「我應該可以考九十分吧！」

沒想到他設定的目標比我原先預期的還多了五分。我讚美了他一番之後，又順勢補了一句：「你自己說的，說

到要做到喔！下次 Michael 再來的時候，要聽到你的好消息喔！只要你願意下定決心達成目標，就一定可以做到！Michael 對你有信心，加油！」

Ian 的臉上，頓時露出了自信的神情。

從 Ian 的例子中，我們可以了解，在與孩子互動的過程中，如果孩子有勇氣面對自己的問題，大人實在不用過度責備，重要的是幫助他透過自我反省去思考，漸漸發展出解決問題的能力。

很多父母會把自己期待的目標強加諸在孩子身上，規定孩子要考幾分，但比較好的方法應該是讓孩子自己講出來，如果他很努力，一定可以考到這個分數，因為這是他自己訂的目標，也會比較願意去遵守；再來，這個目標他自己評估過，所以比較有機會達到。

我建議父母，不要一開始就幫孩子做決定，要讓他嘗試自己做決定。發生問題時，要心平氣和的讓孩子自己回答如何解決，不要去硬性規定他一定要如何做。但是你的心裡要有一個底線，例如說孩子不可能跟你說整天看電視就可以考九十分，要讓他很清楚知道什麼才是重要的事情，做好時間管理，例如每天聽多久的教學 CD？背多少個單字？家長的管教重點要放在堅持和執行上，千萬不要因為工作忙碌或受到其他事情牽絆，就半途而廢。

Z゛過度依賴的學習

　　父母因為管教不當或是不得要領，造成孩子諸多學習與行為上的問題，這種情形不只在台灣出現，在中國也十分普遍。

　　中國的家長們大都很寵孩子，孩子一生下來就是全家的鎂光燈焦點，每個人都像個小公主、小王子似的，被父母捧在手心上長大。

　　2010 年我在長頸鹿南京分校，認識一個在大學教英文的家長，當她的孩子第一天報名上課的時候，這位家長就希望我們跟孩子用英文聊聊。和孩子聊天的過程當中，我發現孩子每講一句話就轉頭問媽媽，這樣講對不對？

　　例如，我問她："What color is this？"（這是什麼顏色？）

　　孩子立刻轉向媽媽：「媽媽，他說的是不是顏色啊？」即使她知道答案，也想要得到媽媽的認可才安心，這完全就是過度依賴學習造成的結果。

　　面對孩子的學習，有時候家長要懂得適時的藏拙，讓孩子有表現練習的機會，願意去勇於嘗試。

　　有些教育專家鼓吹「親子共學」，有些人贊成、有人則持反對意見。但就我自己在課堂上實際的觀察來看，如果家長在教室裡，孩子的學習一定會受到影響。

舉例來說，孩子平常在家裡可能很怕媽媽，所以媽媽坐在旁邊時就刻意表現得很乖，這其實是一種假象。此外，如果媽媽隨侍在旁邊，也可能讓孩子依賴成性，無法獨立自主學習。

　　學習有一項很重要的因素，就是建立同儕之間的關係，如果孩子在學習的場合一直跟著家長，相對地，也會減少與其他同學的互動。

　　我比較贊成家長參與孩子學習的模式，是建立孩子良好的學習習慣。

　　不知道大家有沒有發現到，成功學習的孩子往往都有一個共通點，就是在課堂上保持專注。

　　但如果在每個人的專注力都一樣的情況下，決勝點其實就在於學生下課回家後，是否願意再多做一些努力。很多學生下課回家後，並不會主動複習功課，家長也不在意，更別說針對孩子白天學習到的內容，做進一步互動。

　　由於語言學習本身需要有情感地與他人互動來產生效果，少了這個過程，學習的效果也會受限。

　　尤其對於一個英語初學者來說，「人」的因素更是重要！很多家長以為只要經常放英語 CD 給幼兒聽，就可以在日積月累之中，培養他們的英語聽力，其實是錯誤的觀念，因為缺少了學習的互動。

　　根據科學實驗結果顯示，嬰兒對於人跟人之間的互動會有明顯反應，即使胎兒在母體時完全聽不懂母親說話的

內容，仍然可以感受到母親說話的語調、聲音情緒和聲音大小。

當一個幼兒注意到某樣東西時，他可能會轉頭去看，這時母親就知道他對這個東西有興趣，因此就可以順勢跟他做這方面的互動，跟嬰兒說說這個東西的相關訊息；學習英文也是如此，家長不只是播放英語教學 CD 給孩子聽就好，還要藉由遊戲討論等互動方式，來刺激他的感官，進而加深印象並提升學習能力。

學英文不是一天兩天的事，因此，需要養成規律學習的習慣。一般來說，孩子的習慣養成至少要兩個月以上，只要每天規律的做同樣的事情，久而久之，就會成為一種根深蒂固的習慣。所以，在學習上遵守紀律十分重要。

但是，孩子年紀小，自制力不夠，也不太容易堅持下去，尤其面對一些個性比較散漫的孩子，父母更需要積極地從旁協助。

對於語言的初學者來說，「互動」是非常重要的，
身為父母，應該要盡最大的努力陪孩子使用英文，
才能真正養成規律學習的習慣。

你的家裡也可以是奇蹟發生的地方

我在演講時常和家長們說，如果你認為教出一個品學兼優的優等生，需要艱深的教育理論或者豐富的學識，那就大錯特錯了！只要身為家長的你願意重新檢視自己的教養模式，嘗試做一些改變，加上給予孩子時間成長的耐心，你的家裡也可以是奇蹟發生的地方。

✦ 建立孩子良好的學習習慣

有一天，我接到中部地區一所分校學生的母親打電話來總公司客訴的電話，她氣急敗壞地說要我們將長頸鹿網路學習平台 GEO（http://geo.giraffe.com.tw）下架，不然就要到消基會告發，並且揚言要把兩位孩子從分校轉走。

讓這位母親如此生氣的原因，是她的孩子沉迷於我們的網路學習平台，連兩個小時都不下線，怎麼說都不聽，原本孩子在學校不錯的課業成績也跟著明顯下滑。

我在電話中聽完那位母親的抱怨之後，試著與她分享建立孩子行為規範的重要性，但是那位母親完全聽不進去，「什麼品格教育？你說的那一套太洋派了，不適合台

家，就是最好的英語教室

灣的孩子！」說完，甚至掛我電話。

當時我感到非常受挫，但是並沒有放棄，我與該分校的主任取得聯繫，知道那位學生上課的時間之後，當天親自去分校與家長面對面溝通。那位家長當場還是有點忿忿不平，但所謂「見面三分情」，她也願意聽聽看我的想法。

我告訴她，一定要事前和孩子建立清楚明確的常規，並且徹底地執行，但不是用強迫、威權的方式要求孩子服從，而是讓孩子有機會表達心中的想法，讓孩子也能參與制定規矩的過程，這樣他們遵守規定的意願也會比較高。

後來我把《七個習慣教出優秀的孩子》這本書送給這位母親，請她回去好好翻閱，裡面會有她想知道的解答。

半年之後，有一次我在台中市舉辦講座，這位母親也到達現場，講座結束時，她特別跟我打招呼，並且說了聲謝謝！後來我到豐原演講，那位母親又到現場聆聽，這一次，她滿懷笑容地跟我分享孩子在行為與習慣上的改變。

她在與孩子的溝通時，不再只是一味的斥責與禁止，而是讓孩子有機會說出自己心裡的想法。由於孩子和母親建立了互信互動的關係，彼此更願意為對方著想，親子關係變好，孩子的學業成績也回到了原有的水平。

以身作則，建立孩子的典範

品格教育沒有 SOP（標準作業流程），它無時無刻

都融合在日常生活裡，以及老師和學生、父母和孩子相處的每一分每一秒當中。只要你願意以身作則，把自己當成孩子的榜樣，就知道要怎麼做了。例如，你希望孩子有禮貌，你就要對他有禮貌；你希望孩子主動一點，你就要主動一點；你希望孩子認真，你也要很認真才行。

你可能會說自己來不及成為典範讓他學習，沒有關係，你可以推薦好的學習典範，讓孩子學習。但身為大人的你，還是必須從自身的言行舉止盡最大的努力，至少讓孩子看到你最好的一面。

例如，在上電腦課的時候，我會和孩子分享沈芯菱的故事。這個 1989 年出生於雲林的女生，出身貧窮的攤販家庭，她在小學高年級時就自己架設了網站，幫助推廣滯銷的農產品。她把建立公益學習平台網站得到的上百萬收入持續投入公益活動，到偏遠地區架設網站，教導當地的孩子學習如何使用電腦，透過網路進行學習。

她的故事曾被編入台灣七本教科書的內容當中，我也藉由她的經歷，激勵孩子們努力追求自己的夢想。

此外，林書豪由一個坐冷板凳的球員，一躍成為風靡全球的運動明星的故事，大家都耳熟能詳。我在分享過程中也會和孩子深入探討他的成功背後的意義，而不是只有看到他打球好帥、好酷的一面。

我和學生之間都有一個默契，就是只要我一說 "Stop!

家，就是最好的英語教室

孩子，你的未來子要自己決定，父爸相信你一定做得到！

It's time to talk! We need to talk!"，他們就知道接下來我
會開始講一些人生哲理。

　　我常跟孩子們談到夢想這件事，目的不是要他們將來
一定要做什麼大事或多有成就，而是讓他們知道，每個人
都應該有自己的人生目標。

　　孩子的觀念很多時候會受到上一代的影響，由於他們
平時接觸到的世界很小，我希望藉著分享這些成功人士的
故事，在孩子的心裡播下希望的種子，期許有一天種子會
在他們心中發芽茁壯，引領他們朝向人生目標邁進。我相
信藉由平時的觀念溝通與分享，對於他們的未來絕對會有
幫助。

老師也需要學習

　　我剛踏入教育界的時候，曾遇到幾個棘手的學生，當時處理的方式不是很恰當，讓我到感到自責；我也常提醒自己，避免再犯同樣的錯。

　　我剛開始在兒童美語補習班教書時，班上有一個小四的男生，他爸爸是警察，他的身材比一般學生壯碩，平常不太會控制自己的情緒，常常欺負別的小朋友，不但班上同學怕他，其他老師也束手無策。

　　有一次上影片賞析的課程，這個孩子和其他小朋友起了衝突，他竟然動手打了其他的小朋友。看到教室裡頓時鬧烘烘的，我當下第一個反應是暫停課程，沒想到他竟然當場情緒失控的對著我咆哮起來。我一怒之下，把他整個人舉起來，扛在肩上，從二樓教室扛到一樓，請櫃台打電話給他爸爸，要他馬上過來處理！

　　平常我很重視學生的常規，學習成績不好我可以接受，但是動手這件事情我完全無法認同，但是，當時年輕氣盛的我卻做了不好的示範，這讓我深感懊悔；如果是現在，我會跟他的家長好好聊聊，也會向孩子的醫師詢問他的狀況，甚至跟學校老師一起討論如何幫助他。

　家，就是最好的英語教室

這件事情發生之後，我反省自己，是否被大家對這個孩子的刻板印象給誤導了，當下覺得怎麼又是他？無形中給他貼上一個標籤，而沒有站在同理心的角度去看待他，忽略他長期被別人用異樣眼光看待，心裡肯定不好受⋯⋯

＊ ＊ ＊

　　另外一次經驗也是在我剛任教的時候，那是個即將上國中的男孩，他的英文成績很糟，媽媽特別安排了一對一的家教課程，一個禮拜兩次，每次兩小時。但是，這個孩子似乎早已經放棄了學習這件事，回到家不但不會複習功課，什麼功課也不做。

　　過了兩、三個月之後，我感到很挫折也很無奈，最後索性放棄，請我的老闆退錢給家長。

　　後來我仔細想想，今天孩子是因為媽媽叫他來補習班，回去自然也不會想要複習。我太急著讓孩子在英語上有所進步，以至於忽略了他長期以來，早就對英語失去了學習動機，我應該先從提升他的學習動機著手，不要只急著想讓他的考試成績考好。

　　當時的我只是按照制定的學習進度來教，而沒有關注孩子在課堂以外的事情，也沒有嘗試去了解他的內心世界。我應該要先努力讓他接受我、對我產生信任感，才有可能期望他在學習上有所改變。

　　如果是現在，我會試著把成績擺在一邊，讓我們的關

係不只是師生關係，而是朋友關係，讓他願意把心裡的想法與我分享。

也許第一個月，我會先慢慢觀察，透過英語學習以外的活動，來建立我們彼此之間的信任感。接著，再依照他的狀況，安排屬於他個人的學習計畫，而不是跟著學校裡的學習計畫走，我的目標並不是在短時間提升他的英文成績，而是先找回他的學習熱情與學習動機。

這件事也給了我一個教訓，如果老師只是用一般的教學方式，專注在今天該上多少量、成績該如何進步……等等表象的事情上，卻沒有因材施教，學習的效果一定會大打折扣的。

＊ ＊ ＊

好幾年之前，我的班上有一個小五的學生，個性比較孤僻，不太和別人互動。

那年暑假我們辦了一個大隊接力的活動，這個孩子拿到接力棒之後，不但沒有奮力往前追趕，反而用走的，而且是從頭走到尾。

我當時真的很生氣，就在他到達終點時臭罵他一頓！

後來，在偶然的情況下，我才知道他患有妥瑞式症（Tourette Syndrome），有時會無法控制自己。妥瑞氏症是一種遺傳性的神經運動疾病，它的症狀是身體會不自主的重複一些動作，類似抽筋的狀況。

一開始，我以為這個孩子的行為是在搗蛋，只想到孩

子的脫序行為讓全班輸了大隊接力，因此在第一時間嚴厲斥責他，卻沒有去找出他到底發生了什麼問題。

也許他早就習慣這樣的誤解，因此才會在自己和其他同學之間築了一道牆，不願意和其他人溝通。

如果是現在的我，一定會想辦法了解他的內心想法，跨越我們之間的鴻溝。此外，我應該在活動前就告訴小朋友們這個活動的目的，但是我卻一廂情願的認為，大隊接力是很平常的運動項目，所有的小朋友都應該知道規則。

這些經驗顯示了當時我在教育方面的做法還沒有很純熟，缺乏同理心。原本這些孩子平常的朋友不多，學校老師也覺得他們難搞，而我也喪失了本來有可能正向影響他們、改變他們的機會。

此後，我開始注意每個孩子的差異性，後來再遇到類似的狀況，便以個案特別處理。

You've got a great personality!

在我的班級裡，有一個叫 Sophia 的小女生，她很認真學習，但是她在上課時，三不五時會出現癲癇的症狀。一開始，同班的小朋友們都被她奇異的舉止給嚇到了！

我耐心地跟大家解釋這個病是由於大腦不正常放電所引起的，請大家不要害怕，並且呼籲他們發揮愛心，一起關心 Sophia。我特別安排了一位大姊姊，坐在 Sophia 的旁邊，我也會在她癲癇發作的時候做記錄，包含：發病的時間是幾點、幾分？過程持續多久？有什麼症狀？是什麼活動引發癲癇……因此，即使 Sophia 常有突發狀況，仍然開開心心地照常來上課，很少缺課。

古人說：「師者，所以傳道、授業、解惑也」，為人師表的責任不只是在教書，更重要是「育人」。不論你是英文老師或是數學老師，你的專業科目都只是你跟孩子溝通的一項工具，更重要的是，孩子除了從你身上學到知識之外，還能得到什麼啟發？

不只是孩子需要學習，身為教育工作者，也需要不斷學習。身為教師，尤其是補習班教師，能夠陪伴孩子的時間有限，但是如果你能好好珍惜和學生相處的時間，不管是一個月、一年或三年，相信你的言教、身教，都有可能成為影響他一生的重要關鍵時刻。

十幾年前我曾經在高雄縣岡山鎮的一家補習班任教，當時有位叫 Kenny 的小男生，從小學一年級就開始上課後輔導班與美語班，一直到國中。剛開始他的學習狀況不

是很好，上課不專心，寫字潦草，其他課業的表現也平平。

　　但是，等到他升上五年級的時候，有一天我在批改作業時，發現一個工整又陌生的字跡，翻開封面一看，竟然是 Kenny 的作業本，從那一刻起，我就知道他改變了……當時，我實施了一個全校性的「班際學習風氣評比活動」，以班級為單位，每個學生都有責任為班級貢獻分數。評比的內容包括作業繳交狀況、大考及小考成績表現、還有單字背誦紀錄等項目。

　　此外，我發給每個小朋友一張小卡片，上面有他們正在學的單字，大家可以去找不同的人，包括補習班老師、主任、櫃台老師甚至家長，在他們面前把單字背出來，就可以在卡片上蓋下認證。當時教材是以三個月為一個周期，只要在這段期間背完大約一百二十個單字即可。

　　我這樣做的目的是希望讓孩子不只為了考試而背單字，而是在生活中養成隨時隨地背單字的習慣。

　　結果，Kenny 創下了一個驚人的紀錄：他在一個禮拜之內就把單字全部背完了，而且正確率幾乎是百分百！這跟他以前學習的態度相比，完全是一百八十度的大轉變。

　　經過詢問之後，他才告訴我，升小學五年級的暑假，他參加了一週的新加坡遊學團。到了當地，他發現英文不再只是課堂上的考試工具，就像我以前常常和他們說的：「學英文的最終目的是要在日常生活中使用它。」

　　在那個禮拜裡，他用英文問路或是買東西，明白了學

習英文的重要性，也下定決心學好英文。

　　同時，他也開始認真的思考，我在課堂上和他們說過的，關於人要有夢想這件事。

＊　＊　＊

　　說到夢想，我自己還是青少年時曾經有過一個夢想。其實，我在國小時期身體狀況不好，體育成績非常差，因此學校舉行運動會時，班上的大隊接力是沒有我的分的。上了國中後我開始喜歡運動，主動報名沒有人願意參加的一千五百公尺田徑賽，最後竟然得到全校第四名的成績，我從那時開始慢慢喜歡上中距離賽跑，甚至到後來愛上了長跑。

　　出國唸書期間，我還是持續保持慢跑的習慣，並且在未曾接受過專業教練訓練的情況下，參加了一場布魯塞爾馬拉松路跑比賽，以三個半小時的成績跑完全程。當時，我感動到落淚！

　　之後，我開始接受專業教練的訓練，我在 1994 年參加比利時全國青少年半程馬拉松（約二十一公里），以一小時十九分左右的成績得到了亞軍！當時我腦中出現了人生一個宏大的夢想：「我要參加奧運！」

　　那是我人生中第一次在心中出現「夢想」這兩個字！

　　過去，我只知道要用功唸書，並不知道自己真正的夢想是什麼，在馬拉松大賽中贏得冠冕後，心中油然而生一

股意念：「我想成為奧運選手！」

　　為了達成這個目標，我每天早上準時六點起床，慢跑一個小時；每逢週一、週四，我會跟著教練在森林裡練跑二十到三十公里，每個週末幾乎都會參加比利時當地的路跑比賽和越野競賽，這樣的訓練持續了整整一年。

　　最後，因為家中沒有人贊同我的想法，我也因為膝蓋受傷在畢業之後沒能繼續往運動界發展，但在幾年的練跑訓練過程中，我發展了不斷的跟自己對話與自我激勵的能力，我也常常問自己：「我想做什麼？我能做什麼？我喜愛做什麼？什麼是我所擅長的？」

　　我常常跟孩子說：「人生要不斷的問自己最想做什麼？最擅長什麼？最喜歡什麼？」找到自己熱情與天賦所在，然後努力朝著這個方向發展。

　　人生是自己要過的，你想要在自己的人生畫布上畫下什麼藝術品，都是你自己的選擇！但是，你不能因為看到歌手打扮得光鮮亮麗站在舞台上，就想成為歌手，要想清楚，這件事情自己能不能做得好？我準備好付出成功背後應該付出的努力與代價了嗎？

＊　＊　＊

　　Kenny 的轉變不只表現在英文成績上，其他的科目成績也突飛猛進，他變得積極主動，上課非常專心，平時也會主動幫忙指導其他同學的課業。

當時我在課堂上施行了寫日記的制度，發給每位孩子一本日記本，請他們記錄當天做得好和有待改善的事情或行為，以及要如何繼續保持好習慣，怎麼做得更好等等。

結果 Kenny 每天都會在日記本上做自我反省，用心觀察自己的言行，從他的字裡行間，我可以看出他真的很努力！

Kenny 上了國中之後，持續和我保持聯絡。有一段時間，我離開補習班去國外工作，他在數學上遇到瓶頸，e-mail 給我，問我該怎麼辦？

由於遠水救不了近火，我反問他，記不記得以前曾經和他們講過，要想想自己以後想做什麼、有什麼夢想這件事情？

他說記得，並且告訴我，他對語文方面很感興趣。

於是，我說：「你只要記得你做得最棒的是什麼，朝那個領域發展，就比較容易成功。至於數學，如果你覺得難度比較大，那就盡力而為，因為你以後專攻的領域和數學的關聯性或許不大；此外，你也可以去請教班上數學比較好的同學，並且多看一些課外補充讀物來解決數學上的難題。」

Kenny 在國二的時候已想到大學要唸企管系，但爸爸打算送他出國唸書，他覺得美國大學的學費很貴，德國的學費相較之下比較便宜，不知道該怎麼規劃比較好，因此詢問我的意見。

我跟他說：「未來你還是會需要某些關鍵能力，例如說：語言溝通的能力、人際互動的能力、創新的能力等等，你要找出自己真正想要做什麼，然後訂定目標，努力朝著想要的目標前進！」

　　最後，他問我高中就出國好不好？我很誠實地告訴他：「當一個小留學生，心理狀態一定要調整好，因為出國必然會遇到語言問題，而且如果去德國的話，你還要用德文學其他科目，一定會面臨到我以前當小留學生時面臨的困境。出國不是只有語言問題而已，要面對的還有獨自生活和處理問題的能力……」

　　過了不久，我收到他傳來的訊息：「我現在人在英國進行一個月的遊學，期待有更大的收穫，不過，我還是會繼續朝著出國唸書的夢想努力前進！」

　　我相信出國唸書對他來說，並非遙不可及的夢想，他在十六歲的年紀就已經清楚知道自己的夢想，光是這一點，就贏別人一大步了。果然，前一陣子從臉書上看到Kenny的動態，他已在英國唸書，我真是為他感到開心，並衷心祝福他能平安順利，即使遇到困難，也能知道如何一步步解決問題。

　　從Kenny的身上，我看到了實踐品格教育的成果。或許有些孩子在一開始的成績並不出色，但我們不應該把課業上的表現當作他們未來發展的依據，孩子的未來其實有很多的可能性。

「一日為師，終身為父」，我期許，自己能堅守我投注最大熱情的教育崗位上，讓學生可以有機會從我身上學到更多有價值的東西，也成為推動他們追求夢想的動力。

家，就是最好的英語教室

老師是孩子夢想的驅動者

　　這幾年我在長頸鹿美語負責教學研究與開發的工作，因此有機會面試不少有志從事英語教育的教師，其中也不乏從國外名校回來的高學歷知識分子。

　　我印象很深刻的一次面試經驗是，一位從美國紐約知名大學畢業的英語教學碩士來應徵，我只和他面談了二十分鐘，就決定不予錄用。

　　即便他的英語說得相當流暢，但因為我從他的談話中感受不到「熱情」兩個字；在面談過程中，他從頭到尾，眼神都沒有正視過我，對於我詢問的一些教育議題也顯得漠不關心，甚至說不出自己的教育理念是什麼。

　　我認為，從事兒童美語教育工作，必須擁有熱情，它是入門的第一道關卡，也是一個優秀的教師持續在教學崗位上努力的動力。其實，不論在哪個領域，如果一個人想要成功，熱情絕對是基本的要素。當然，有了熱情就會促使我們不斷精益求精、不斷進步，這是熱情驅使一個人主動積極行動的必然結果。我們在保有熱情的同時，必須不斷學習，以達到在某個領域能夠越來越專精，同時仍保有學習新知、謙虛向上的習慣。

有一個故事是這樣的：

一個很會砍柴的年輕人，被伐木場的老闆相中，請他去伐木工場工作。

一開始，老闆覺得這位認真工作的年輕人的工作效率很高，每天都會砍很多柴回來，但是過一段時間之後，老闆發現他的產量一直在下降，就連年輕人自己也不了解為什麼。

結果，老闆拿起他的斧頭看了看，問他：「你什麼時候磨斧頭的呢？」

這時，年輕人才恍然大悟，是自己忽略了磨刀的工夫。

很多老師教書多年之後也像這位砍柴的年輕人一樣，只顧著埋頭苦幹，沒有花時間在充實新知上，忘了柴刀用久了會變鈍，即使努力也達不到和過去一樣的效果。

我原不是教育背景出身，深知必須比其他人更努力才能保有競爭力，因此，長久以來，我非常注重自我進修，也花了許多時間和金錢在學習上面。

我就像海綿一樣，不斷吸收各種專業知識，除了不斷閱讀之外，我一有機會也經常報名研討會、參加演講，除了學習知識與技能之外，我也觀察台上的老師是如何設計課程和活動、如何與台下的觀眾做互動、如何做公眾演講等，從中學習到教學實務技巧。我不僅是聆聽而已，也把

自己的眼界放大，觀察整個教學背後的原理並長期關注世界教育的趨勢，這對於我的教學與演講素質的提升有很大的幫助。

我常說：「聽過和聽懂是兩件事，聽懂和能跟別人分享又是另一回事。從學會到熟練，甚至是到專家級、大師級又是許多層次的差異，這一切都需要時間的淬鍊與努力的琢磨。」我從來不會認為這個課程上過就是懂了，我會讓自己適度歸零，保持虛心求教的精神，繼續汲取新的東西、新的知識，然後盡可能與別人分享，越多人越好，藉由分享過程中又再次內化了相關的知識。

我在教書教了八年之後，還自費報名參加基礎英語正音課程，以精進自己的教學實力。很多老師教學兩、三年之後就不太會去上基礎的課程，更別說教了五、六年之後，可能連進修都懶得去了。

因此，我常常奉勸一些老師，不論新進教師或者資深教師，不要認為某些主題或者內容自己已經聽過，或者自認為知道了就停止學習，「有聽過」跟「專精」是不同的層次，而能跟主講者一樣站上台去講給別人聽，又是另外一個層次。就算你已經教了十年書也是一樣，因為十年前跟十年後是有差別的。

如果一個老師在教書教了兩年之後就不再進步、創新，那持續再教個十年下去，其實和只教了兩年的新手教師並沒有太大的差別。

我在踏上教育工作的第三年，就開始當教育訓練講師，跟別的老師分享自己的教學經驗。在分享的過程當中，迫使我去統整很多的教學觀念與實際的做法，閱讀了很多資料，也自己做了不少的研究。

除此之下，我也積極的帶領學生們參加不同機構舉辦的各項英語文比賽，讓學生們有多元展現的機會，例如：朗讀比賽、說故事比賽等活動，鼓勵學生們以多元化的方式接觸英語。英文學了就是要用，光是從教科書中學英文是不夠的，一定要多方面地運用，找到機會就用。

＊　＊　＊

2011 年我獲邀到 1111 人力銀行演講，主題是「創業與加盟」，當時我問台下的觀眾：「你為什麼想創業？」

有人說想要自由，有人說想賺更多錢。

我開宗明義地告訴大家：「如果你的動機只有這樣，你撐不下去的！也許三年後，你的店就關掉了！你需要的是背後有一個崇高的理想、卓越的理念，和超乎常人的熱情推動著你！」

三年前，我剛進長頸鹿美語台北總部時，薪資只有當補教老師時的一半，但我看的不是薪水的多寡，我看到的是整個教學的舞台！我把自己當作一支有潛力、會增值的績優股，我一直把自己當成品牌在經營，我相信只要有能力，一定能夠證明自己的實力給別人看！

一年後，我成為教學研發部門的主管，我也不只把它當成一個部門，而是當作自己的公司來經營。我幾乎沒有準時六點下班過，因為如果你把自己當成企業主，是沒有上下班之分的。

　　此外，我也把自己的角色當成企業顧問，盡力協助同仁們及合作的分校經營者發現問題，想辦法來解決問題，一起努力提升長頸鹿美語的品牌價值。這幾年長頸鹿美語在業界首創比照公立學校所規劃的「校務評鑑」制度，當初也是在我手中催生與建構，自此成為長頸鹿美語所有分校重要的管理與營運準則。

　　我目前的工作主要是負責整個長頸鹿文化集團的核心教學規劃與研發工作，對應的是整個品牌。由於職務上的需要，讓我對各個領域的專業知識都求知若渴，這幾年來我不斷接觸一些管理與領導的課程，包含團隊凝聚、組織再造、品牌行銷、企業成長與經營管理等，學習領域已不再侷限於英語教學或者教育範疇。

　　有些老師可能會覺得招生、行銷這些事情與自己毫無關係，不需要涉獵學習。但是，如果你的課教得好，要怎麼讓別人知道你的好，而且願意來上課呢？你要如何在市場上佈局？如何增加品牌價值？如何製造市場話題？身為專業英語老師，我們的目標是傳達正確優質的英語學習與教育觀念，而溝通的技巧也是需要不斷學習的。

送給孩子一生最好的禮物

　　我的學生都知道，我不喜歡人家稱我為老師。我總是開玩笑的說：「老師越叫越老。」其實這句話背後對我自己的意涵，除了希望不要因為「老師」這樣的稱謂而產生和學生之間的距離，也希望和學生保有朋友般的關係之外，另外隱藏的一點是對自我的更高期許：「我要當一位成功的教育家」。

　　成功的教育工作者除了能夠在專業方面提供學生正確的知識，也要培養他們學習的興趣，教會他們使用多元的學習方法與工具，協助養成良好的學習習慣，開拓廣闊的視野及國際觀，啟迪多元創新的思維，激發孩子無限的潛能，引導他們發現自我獨特的價值。推動品格力，就是培養孩子這些優秀能力的基礎。

　　在教學的路上一路走來，我教導過很多孩子，也和很多家長、老師分享過一些教學技巧和教育觀念。

　　早期的我是在學習，那時候也很重視孩子的成績，但是後來慢慢思考到，我和孩子相處的時間是相當有限的，我可以教會他們多少英文也是有限的；能夠讓他們在離開我的教室、離開我的保護傘之後，給予他們正面的影響，

那個東西才是無限的，也是我必須要教給他們的！

英文當然是其中一塊，所以我教他們一些重要的英文學習策略和方法。但是其他的部分呢？我對他們的人生產生了什麼影響力嗎？我的學生中，也許有人長大後會是總統、教育部長，或者某個具有影響力的領導者；或是這些學生有可能影響他的家人、朋友、孩子、他的公司、國家，甚至影響全世界。

美國歷史學家亨利‧亞當斯（Henry Adams）曾說：「老師的影響無窮盡，他永遠不知道這影響力遠至何處，當我們給孩子一點點，他們會用他們的生命去放大，因此，我們就是給孩子最美好的生命禮物。」

的確，品格教育不是立竿見影、馬上就看得到成效的事情，但是你一旦開始身體力行，就會在孩子的身上看到轉變。

教育的本質與目的是希望孩子未來有個快樂的人生、實現自我的價值、找到自我使命、成為改變世界的力量。

我相信，在學校學過的東西或許會忘記，但是品格教育所傳達的美好價值觀亙古不變，而這就是我們送給孩子最好的人生禮物。

在與孩子互動的過程裡，不要認為你沒講的，孩子就不知道，或者認為孩子年紀還小什麼都不懂，他會放在心裡面、他會懂的！有一天，孩子會張開翅膀，迎向另一片天空，過著屬於自己的生活，追求自己的人生目標，而我

和所有父母和老師一樣，都希望看到孩子擁有健全富足的身心靈、自信的眼神、快樂的笑容、成熟的思想、優秀開朗的人格特質、獨立自主的生活能力、有自我期勉與追求卓越的特質。等到那一天，我將由衷感到開心與欣慰，因為，終於可以放心地讓他展翅高飛了！

重點筆記

重點筆記

國家圖書館出版品預行編目資料

家，就是最好的英語教室——「補教師鐸獎」名師
改變孩子一生的12個英語學習祕訣！/ 蔡騰昱著.--
初版.-- 臺北市：平安文化. 2012.09 面 ;公分
（平安叢書；第396種）（樂在學習；7）

ISBN 978-957-803-836-3(平裝)

805.1   101016391

平安叢書第0396種
樂在學習 007

家‧就是最好的英語教室

「補教師鐸獎」名師
改變孩子一生的12個英語學習祕訣！

作　　者—蔡騰昱
發 行 人—平雲
出版發行—平安文化有限公司
　　　　　台北市敦化北路 120 巷 50 號
　　　　　電話◎02-27168888
　　　　　郵撥帳號◎ 18420815 號
　　　　　皇冠出版社 (香港) 有限公司
　　　　　香港上環文咸東街 50 號寶恒商業中心
　　　　　23 樓 2301-3 室
　　　　　電話◎ 2529-1778　傳真◎ 2527-0904
責任主編—龔橞甄
責任編輯—江致潔
美術設計—王瓊瑤
著作完成日期—2012年
初版一刷日期—2012年9月

● 皇冠讀樂網：www.crown.com.tw
● 皇冠Facebook：www.facebook.com/crownbook
● 皇冠Plurk：www.plurk.com/crownbook
● 小王子的編輯夢：crownbook.pixnet.net/blog